# かんばん娘

## 居酒屋ともえ繁盛記



志川節子

角川文庫
23472

目次

鮟<sub>あん</sub>
鱇<sub>こう</sub>

一

「お待たせしました」

なずなはそういって、小ぶりの七輪を床几《しょうぎ》に置いた。七輪の内には炭火があかあかと熾《お》きている。

なずなの後ろについてきたお蔦《つた》が炭火の上に鍋《なべ》を載せると、七輪を囲んだ三人の男たちが首を伸ばしてのぞき込んだ。あんこうの白い肌が、鍋の中でぷるんと輝いている。

「今宵《こよい》の真打ちがおでましになりましたよ」

梅川屋《うめかわや》七兵衛《しちべえ》が太い声でいうと、連れのふたりも、「ほう、これはうまそうな」と追従する。梅川屋は押し出しのきいた身体つきで、青梅縞《おうめじま》の着物に羽織を着けていた。顔の肉付きもよく、恵比寿《えびす》さまのように福々しい人相をしている。

ここ神田花房町《かんだはなぶさちょう》にある居酒屋「ともえ」のあんこう鍋は、客が所望すれば目の前で鍋が煮えていくさまを見ることができる。ともえではだし汁を用いず、あんこうやそのほかの具材の持つ水分だけで煮る、いわゆるどぶ汁と呼ばれるこしらえ方をした。

「ちょいと失礼いたします」

お蔦が三十代半ばとは思えない、すらりとした柳腰をわずかにかがめ、駒下駄《こまげた》を脱いで床几に上がる。梅川屋の隣に膝《ひざ》をつくと、鍋の縁に渡してあった菜箸《さいばし》を手に取った。

鍋から白い湯気がほわほわと立ち始める。あんこうの肝が熱せられるにつれてとろんと溶けてゆき、葱《ねぎ》や豆腐、椎茸《しいたけ》なども汗をかきだす。

表面に浮いてくるあくをお蔦がかいがいしくすくったり、味噌《みそ》を溶き入れたりした。一連の流れるような所作に、三人の視線が釘付《くぎづ》けになっている。手際のよさといい、かたちのよい姿といい、なずなも思わず見とれていると、お蔦がちらりと振り返った。

「おまえは下がっていいよ。あとはあたしがやるから」

「あ、はい。女将《おかみ》さん」

肩をすくめたなずなに、梅川屋が脇にあるちろりを差し出した。

「なずなちゃん、いま少し酒をもらえるかね。中汲《なかぐみ》を二合半《こなから》、熱燗《あつかん》で」

こなからというのは半分の半分──つまり、一升の半分をさらに半分にした量という意味で、居酒屋の客が酒を注文するときの決まり文句みたいなものだ。

「梅川屋さん、かしこまりました」

なずながちろりを手にして板場へ向かおうとすると、別の客から声が掛かった。

「なずなちゃん、おいらにどぶ汁をくれるかい。丼で」

昇吉《しょうきち》である。二十代後半の体軀《たいく》は引き締まっていて、紺木綿の腹掛けに股引《ももひ》き、刺子の長半纏《ながばんてん》を羽織って三尺帯を締めており、ひと目で鳶《とび》人足と知れる。梅川屋たちは床几に上がってかしこまっているが、昇吉は床几に斜めに腰掛けて、片足だけ胡坐《あぐら》のように組んでいた。

「お酒はどうしましょうか」

なずなが訊《たず》ねると、昇吉は腰の横に置かれたちろりを持ち上げて軽く振った。

「まだちっと残ってるが、もらっておこうか。にごり酒を一合、人肌に温めてくんな」

「はい、しばらくお待ちを」

床几を離れると、なずなは板場へまわり込んだ。

蕎麦《そば》屋や一膳《いちぜん》飯屋などでは、板場が入れ込みの土間と隔てられているところも見かけるが、ともえは店に入ると土間に構えた板場が真っ先に目に入り、通路を挟んで長床几が並べ置いてある。客は料理人が調理しているのを眺めながら呑《の》み食いできるのだ。

板場の手前には横に長い台が設《しつら》えてあって、日替わりの肴《さかな》を大皿に盛ったのが並んでいた。今日はというと、青菜とこんにゃくの白和《しらあ》えや、浅蜊《あさり》と芹《せり》のあっさり煮などがある。

暮れ六ツ半をまわった店には梅川屋や昇吉のほかにも幾人かの客がいて、めいめいに酒を呑んだり肴をつまんだりしている。

板場の壁際にある棚には醬油《しょうゆ》や味噌、皿や小鉢が納まっており、それらを背にした寛助《かんすけ》が、俎板《まないた》の前に立って腕をふるっていた。齢《とし》は三十九、尻《しり》ばしょりにした縞木綿に股引きを穿《は》き、袖《そで》を襷掛《たすきが》けにして紺の前垂れを着けている。体格は小柄だが、身ごなしはきびきびとしていた。

「寛助さん。梅川屋さんに中汲を二合半、熱燗で。昇吉さんにどぶ汁、それとにごり酒を一合、ぬる燗で」

「あいよッ」

庖丁《ほうちょう》の動きは止めずに、寛助が小気味よく声を返したが、

「あちゃあ」

ほどなく、低くつぶやいて顔を上げた。

「なずなちゃん、どぶ汁をちょいと待ってもらえるよういってくれねえか。店開《みせあ》き前に仕込んだぶんが底をついて、次のを火にかけたばかりなんだ。それと、酒の燗も頼めるかい」

いまは手が離せないといいたそうに、寛助が手許《てもと》に目をやる。俎板の上には、捌《さば》きかけの鯵《あじ》があった。

中汲を二合半。にごり酒を一合。

口の中で繰り返しながら、なずなは板場の奥に並んでいる酒樽《さかだる》の前に立つ。

酒樽は三つあり、向かって右端がにごり酒、真ん中が中汲、左端が極上の諸白《もろはく》となっている。蒸した米と水、麹《こうじ》を混ぜて発酵させたきりなのがにごり酒で、どぶろくとも呼ばれる。にごり酒を放置しておくと上澄みと澱《おり》に分かれるが、その中ほどを汲みとったのが中汲だ。極上の諸白は、ともえでは剣菱《けんびし》を仕入れている。

要するに、ともえには格が異なる三種の酒が置いてあり、客は己れの懐具合と相談しながら注文できるという寸法だ。

もっとも、十四のなずなには酒のうまさなどわかりようもない。ちょっとだけ舐《な》めさせてもらったことがあるものの、舌が焼けるように熱くなって仰天した。ただ、諸白は熱さがすっと舌から引くのに対し、中汲は舌がひりひりし、にごり酒はびりびりする、といった違いくらいはわかった。

中汲とにごり酒を樽からちろりに移し、湯の張られた銅壷《どうこ》にちろりを浸《つ》けると、なずなは昇吉のところへ行って頭を下げた。

「昇吉さん、すみませんが、どぶ汁が仕上がるまで少しかかりそうなんです」

「ああ、構わねえよ」
昇吉は口から猪口《ちょこ》を離すと、
「こちらさんの話を聞いてると、ちっとも退屈しねえんだ」
いささかのんびりした口調で、猪口を梅川屋のほうへ掲げてみせた。鳶人足という
と、肩で風を切って歩く勇み肌の男衆をなずなは思い浮かべるが、昇吉は気取りがな
く親しみやすい男だった。肩や腕のあたりはみっしりと肉がついて逞《たくま》しいものの、つ
ぶらな目許が穏やかで、どことなく草を食《は》んでいる馬を思わせる。
昇吉も梅川屋も常連客で、互いの顔を見知っている。隣り合った者どうしがしぜん
に打ち解けて言葉を交わすのも、ともえではしょっちゅうだ。
「あたしはね、あんこうについて喋《しゃべ》ってたんです」
梅川屋が話を引き取った。
「あんこうってのは江戸前《えどまえ》の海には棲《す》みついてません。下総《しもうさ》あたりの海の底が深い場
所にいて、揚がった港で絞められてから日本橋《にほんばし》の魚市へ送られてくる。容姿はまあ、
醜いものでしてね。身が柔らかいし肌もぬめっていて摑《つか》みにくいので、捌くときには
吊《つ》るし切りにします」
ふだん、寛助が捌くのを見慣れているなずなは、深くうなずきながら聞いた。梅川
屋の連れのふたりと昇吉も、今しがた同じことを聞かされたばかりだろうに、神妙な

面持ちで耳を傾けている。

七輪にかけられた鍋が、くつくつと煮えていた。お蔦は梅川屋の話を聞いているのかいないのか、澄ました顔で仕上げの味噌をほんの少し鍋に足している。この追い味噌のあるなしで、出来上がったときの香りが違ってくるのだ。

「あたしはその、ぬめりに目をつけましてね」

梅川屋は鼻を膨らませると、これは人から聞いた話だが、と言葉を続けた。

あるとき、あんこうを生きたまま日本橋へ運ぼうと、水槽をこしらえた人がいた。だが、水槽に入れられたあんこうは、身体じゅうからぶよぶよした液を出して死んでしまった。あんこうは異臭も発しており、ぶよぶよを洗い流して食べることもかなわないので焼き捨てようと火をつけたところ、思いのほか勢いよく炎が上がったという。

「それを聞いて、ぶよぶよが油の代わりになるんじゃないかと思いついたんですよ。ほら、あれも」

梅川屋が頭の上を指差すと、男たちとなずなはいっせいに顔を向けた。天井から吊り下げられた八間《はちけん》が、こうこうと光を放っている。

「広い場所を明るく照らすのに八間は重宝しますが、使う油の量もばかにはなりません。勢いよく燃えるぶよぶよなら、少ない量で、もっと明るくできるんじゃないか。それに、工夫しだいでは薪《まき》や炭みたいな使い途《みち》もあるかもしれない。そう考えましてね。となると、これを商売にしない手はないってものです」

なずなは目をぱちぱちさせた。

「はあ、ぶよぶよが」

「なずな、何か忘れてやしないかい」

鍋の具を椀《わん》に取り分けているお蔦が、横顔を向けたまま素っ気なくいう。

「あ」

なずなは口に手を当てた。

板場へ行き、ちろりを提げて引き返してくると、

「お待ちどおさま」

梅川屋と昇吉のかたわらに、中汲とにごり酒をそれぞれ置いた。

梅川屋たちは、椀の中のあんこうを箸で突《つつ》いている。お蔦がちろりを持ち上げ、男たちの猪口を酒で満たした。

「こいつは、ふは、うまい。ところで、さっきの話だが、新たな商いを立ち上げるとなると、あたしひとりでは到底無理だ。おまえさん方にも金主になってもらいたくて、ここに誘ったんです」

「追い味噌が、ふは、きいてますな。しかし梅川屋さん、きっちりと元が取れるんですか」

「それはあんた、やってみないとわかりませんよ。でも、ほかの誰かがひと山あてたあとに乗り込もうとしても、ふは、それほど儲《もう》かりはしないでしょうね」

「どうも心許ないな。ぶよぶよが油や薪の代わりになると決まったわけでもないし。それにしても、ふは、味がよく染みてますなあ」

男たちは、食べるのと話をするのとで忙しそうだ。

「つっ」

猪口に手を伸ばした梅川屋が調子はずれな声を上げ、指先で耳たぶをつまんだ。

「あいすみません、お燗が熱すぎましたか。すぐに取り替えさせますので」

頭を下げてちろりへ手を伸ばそうとするお蔦に、梅川屋は耳たぶから手を離して押さえる仕草をした。

「構いませんよ。ちょっとびっくりしただけだ。このまま、このまま」

お蔦が困ったように眉《まゆ》を寄せる。

「おいらの酒も、このままで構わねえよ。放っておけば、いつかはぬるくなるんだし」

なずなの前に坐《すわ》っている昇吉も、そういってよこす。

「あの、梅川屋さんも昇吉さんも、ごめんなさい」

なずなは胸に盆を抱えて腰を折った。ぶよぶよの話に聞き入って、燗の按配《あんばい》に気がまわらなかったのだ。

なんとなく、気まずくなった。

なずなはいったん板場へ下がり、どぶ汁の入った丼を昇吉に運んでくる。

「少々お訊ねいたすが……」

それまで背を向けていた武家の客が、上体をひねらせて声を掛けてきた。

「今しがたのあんこうの話、まことに儲かる見込みがあるのでござろうか」

どこぞの隠居といった風情の六十がらみ、ひょろりとした身体つきで、定紋入りの羽織に袴《はかま》を着けている。頭髪はほとんど白くなっているものの、目には威厳のある光が宿っていた。その佇《たたず》まいには、竹林を渡ってくる風のような静謐《せいひつ》さも漂っている。

なずなはお蔦から「早野《はやの》さま」という名だけは聞いているが、そのお蔦にしてもはっきりした素性までは心得ていないようだった。もっとも、そういう付かず離れずの客あしらいを早野さまは気に入っているとみえて、半月に一度の割でともえに通ってくる。

ともえが店を構えているのは町人地だが、御成道《おなりみち》を北へ進むと大名家の屋敷が建ち並び、その周囲には小禄《しょうろく》の御家人の屋敷もびっしりと連なっている。武家屋敷に仕える若党や中間《ちゅうげん》、それに下級武士が、ともえの町人客に交じっているのも珍しいことではなかった。

ただし、早野さまに限っては、わりあいに身分が高いようだとなずなは踏んでいる。

梅川屋が箸を置いて、居住まいを正した。

「お武家さま、もちろん儲かりますとも。申し遅れましたが、手前は池之端仲町《いけのはたなかちょう》にて水油問屋を営む梅川屋七兵衛と申します」

名乗っておいて、先を続ける。

「この節、江戸では夜遅くまで起きている連中も増えておりますが、菜種油や魚油がとれる量には限りがございます。あんこうのぶよぶよが、ゆくゆくは油に取って代わるのではないかと見込んでおりまして」

「ぶよぶよが、あかりの素になるのだな」

「はい。昨今はご公儀ご重役の田沼《たぬま》さまが、さまざまな物品を生み出す試みを後押しなさっていると、うかがっております」

「ふむ、田沼さまとは少々だしぬけな……」

早野さまはわずかに困惑した表情になったが、

「して、その試みというのは、たとえばどのような」

梅川屋に話をうながした。

「恐れながら、以前は唐から入っておりました白砂糖が、日の本でこしらえられるようになってございます。それなどは、田沼さまが大師河原《だいしがわら》村に住む某《なにがし》にお命じになったのですとか」

「いやはや、よく存じておるの」

「は、その某といいますのが、手前の親戚《しんせき》筋の存じ寄りでございまして……」

梅川屋が、首の後ろを手で押さえる。

「さようであったか」

「正直なところ、手前の儲けは二の次でございましてね。白砂糖のように、あんこうのぶよぶよで世間のお役に立つことができればと、そう思っているのでございます」

「ほう」

「手前の働きが田沼さまのお目に留まれば、褒美なども頂けるかもしれませんし」

「そなた、たいした心掛けなのか欲得ずくなのか、わからぬではないか」

早野さまが風貌《ふうぼう》に似合わぬあきれた声を出し、一同に笑いが上がった。

話が一段落ついたのをしおに、お蔦が床几から土間へ下りた。

「女将はあんこうのぶよぶよをどう思う。儲かる見込みがござろうか」

そう訊ねかける早野さまに、お蔦は眉ひとつ動かさず、

「さあ、どうでしょう」

さめた口調で応じると、すたすたと行ってしまった。

「ここの女将は、あの、つれない感じがたまらないんですよ」

惚《ほ》れ惚《ぼ》れしたように梅川屋がいい、連れの男たちもうっとりとお蔦を見送っている。背筋の伸びた後ろ姿は、ぴりっとしているけれどなまめかしくもあって、なずなから見ても小粋《こいき》に映る。

余談ながら、いまからおよそ六年前、お蔦がこの居酒屋を出したとき、店の名は「白菊《しらぎく》」であった。商いを始めてまもなく、店の客どうしが些細《ささい》なことでいい争いを始め、摑み合いになりかけた。すると、板場から出てきたお蔦が、「ここは仕事帰りのお客さんがひと息ついて、明日も精を出して働こうって気持ちになる場なんだ。それを荒らすような真似をすると、あたしが許さない。どうしてもってんなら、表でやっとくれ」と、凜々《りんりん》たる声音で一喝したのだ。

我に返った男たちが頭を下げて店を出ていくと、ほかの客から声が上がった。

「じつに胸のすくような啖呵《たんか》だった。女将の器量といい、勇ましさといい、巴御前《ともえごぜん》も顔負けだな」

「店の名も、なよなよした白菊ではなく、ともえにしたらどうだ」

「そいつはいい。今日からここは、居酒屋ともえだ」

この一件を、なずなは梅川屋から耳にした。そう、七兵衛は往時からの常連客なのである。

なずなは床几を離れようとして、ふと足を止めた。

昇吉が丼を抱えて、どぶ汁を見つめている。そういえば、ぶよぶよの話も半ばから耳に入っていないようだった。

「昇吉さん、どぶ汁がお口に合いませんでしたか」

なずながのぞき込むと、昇吉が顔を上げた。どういうわけか、口許が弛《ゆる》んでいる。

「口に合わねえなんて、とんでもねえ。こんなうめえどぶ汁、江戸じゅうを探したってほかには見つからねえよ」

「それはどうも、恐れ入ります」

頭を下げながら、昇吉の大仰な物言いにちょっと戸惑った。

「今年も、いよいよあんこうの季節になったんだなあ」

そういって、昇吉はにたにた笑っている。

あれしきのお酒で、酔っ払っちまったのかしら。

いくぶん薄気味悪く思いつつ、なずなは首をひねった。

二

鍋に残っている味噌汁を温め直してふたつの椀に注ぎ分けると、なずなは盆に載せて框《かまち》を上がった。六畳間の中ほどに、膳が向かい合うように置かれている。壁際には箪笥《たんす》と茶箪笥が並び、そのかたわらに灯の入っていない行燈《あんどん》があった。

縁側の手前には床が延べてあり、母おふみが横になっている。

「おっ母《か》さん、お昼にしましょ」

なずなが膳の上に汁椀を置き、ご飯をおひつから茶碗《ちゃわん》によそいながら呼び掛けると、

「ああ、もうそんな時分かい」

か細い声とともに、つむっていたまぶたが持ち上がり、おふみがそろそろと起き上がった。

膝でいざるようにして膳についたおふみの肩に半纏を着せ掛けて、なずなは向かいの膳の前に膝を折る。

なずなは母とふたりで、福井町《ふくいちょう》にある裏長屋に寝起きしていた。

「おまえには厄介のかけ通しで、すまないね」

痩《や》せた肩をすぼめ、おふみがうつむく。

「おっ母さんはもともと身体が丈夫じゃないんだし、寝てなくちゃ」

なずなが明るく応じると、おふみは力なく微笑み、いただきますと手を合わせた。

ご飯と味噌汁、そして蕪《かぶ》のお香々《こうこ》が、母子《おやこ》の昼餉《ひるげ》であった。

昼餉を終えると、なずなは膳の上の器を流しに下げて、ざっと水ですすいだ。水気を切って、小桶《こおけ》に伏せる。

部屋に上がり、床にもどった母をのぞき込んだ。

「じゃ、行ってくるね。洗濯物を取り込むのは、お隣さんに頼んであるから」

枕の上で顎《あご》を引いたおふみが、思いついたように首をめぐらせる。

「そうだ、茶簞笥の上に風呂敷《ふろしき》包みがあるだろ。お蔦さんに渡してくれるかい」

「茶簞笥の……。ああ、これね」

小ぶりの包みを手にしてみると、さほど重みはない。

「おまえがいつもお世話になってる御礼にね」

「ふうん」

風呂敷包みを見つめたが、中身をあらためている間はなかった。

長屋を出たなずなは、神田川沿いの通りを西へ進んだ。菰《こも》掛けの荷を積んだ小舟が、川を行き来している。

初冬の天候は気まぐれで、朝は晴れていた空に薄灰色の雲が広がっていた。お天道さまの輪郭が、ぼんやりと滲《にじ》んでいる。

母は生まれつき心ノ臓があまり強くはないが、一年ほど前までは、一日を寝たり起きたりですごすことはなかった。日に三度のおまんまをこしらえるのも、掃除や洗濯をするのも、母が万事を取り仕切っていたのだ。

お父《と》っつぁんにあんなことがなければ、となずなは思う。

父、左馬次《さまじ》は菱垣廻船《ひがきかいせん》の水主《かこ》である。菱垣廻船は、上方《かみがた》から江戸へ木綿や油、薬種、酢、醤油などの物資を運ぶ船だった。

廻船問屋「大黒屋《だいこくや》」の持ち船、住吉丸《すみよしまる》が紀伊《きい》の沖合で難破したのは、昨年の秋口であった。折から強い風が吹いており、住吉丸は那智勝浦《なちかつうら》の港で三日ばかり足止めにあっていたが、期日までに荷を江戸へ届けなければと、時化《しけ》にもかかわらず船頭が海へ船を出したらしい。港を出たあくる日、大破した船体の一部が熊野《くまの》の浜に打ち上げられ、そこから北へ二里ほどいった岩場に、船に乗り込んでいたと思われる男たちの亡《なき》骸《がら》が流れ着いた。

上方から報《しら》せを受けた大黒屋では、主人がただちに紀州《きしゅう》へ向かい、船の破片から住吉丸のものであることをたしかめた。

住吉丸には船頭をはじめとしてつごう九人が乗っていたが、流れ着いたのは三人きりで、いずれの亡骸も着物が破れたり片袖がなくなったりしていた。大黒屋の水主たちは、万が一に備えて着物の襟に名と住処《ところ》を書いた札を縫い付けている。

「三人の中に、左馬次と書かれた札を付けた者はいませんでした」

「ということは、うちの人は行方知れずに……」

大黒屋に告げられて、身体から生気が抜けていくようにくずおれた母の姿を、なずなは忘れることができない。

海の上で働く水主たちは、常に死と隣り合わせだ。ゆえにそれなりの実入りもあるし、左馬次は賭《か》け事や酒もつき合い程度に楽しむくらいで、家には多少なりとも蓄えがあった。母子ふたり、当座はそれで暮らしていけるが、使ってばかりでは蓄えもいずれは底をつく。

おふみは内職の針仕事をそれまでの倍に増やし、なずなは子守りの仕事をみつけてきた。

だが、日ごとに母の顔色は冴《さ》えなくなり、ある日ひどい動悸《どうき》とめまいに襲われて起き上がれなくなった。

そんなとき、お蔦が「うちで働かないか」となずなに声を掛けてくれたのだ。

頭上を鵯《ひよどり》が鋭く鳴き交わしながら飛んでいく。

知らず知らずのうちに、なずなはつま先を見つめて歩いていた。ぐいっと顔を上げて、お天道さまが放つ光を空に探す。

お父っつぁんは、同じ空の下のどこかで、きっと生きている。

白っぽく明るんでいるあたりを見つけて、胸いっぱいに息を吸い込んだ。

三

ともえに着くと、お蔦と寛助が板場で仕込みにかかっていた。表口の戸は開けてあるが、夕七ツまでは客を中に入れず、店先での煮売りと出前のみ引き受けている。いったん戸を閉めて店の中をととのえ、暮れ六ツになると客を迎え入れた。

「お蔦さん、おっ母さんがこれを。日ごろお世話になっている御礼にといってましたけど」

挨拶《あいさつ》をすませると、なずなは風呂敷包みを差し出した。

「へえ、おふみさんが」

水に濡《ぬ》れた手を前垂れで拭《ふ》いて、お蔦が包みを受け取る。

結び目をほどくと、同じ裂地《きれじ》でこしらえた襷が三本、収まっていた。ともえの三人で使ってくれということだろう。若竹色がすっきりと鮮やかで、それでいて奥ゆかしさも感じさせる。

「さすが、おふみさんだ。色合いが、なんとも垢抜《あかぬ》けてるじゃないか」

何かにつけて辛口なお蔦が、おふみを手放しで褒めた。

お蔦は左馬次の兄、龍平《りゅうへい》の女房なのだ。龍平も水主で、兄弟そろって難破した住吉丸に乗り込んでいた。

すなわち、お蔦となずなは伯母《おば》と姪《めい》の間柄だ。とはいえ、ともえで働き始めるにあたっては、

「おばさん、よろしくお頼み申します」

とふだんと同じように呼び掛けて頭を下げたところ、

「今日からは、お蔦さんか女将さんって呼ぼうか」

すぱっと切り返されて、以後おばさんと呼ぶのは御法度になっている。

お蔦がなずなと寛助に襷を一本ずつ渡し、自身も背中へ掛け渡して端を結ぶ。

なずなも手早く襷掛けになった。紐《ひも》一本のことだが、気持ちがきりっと引き締まる。

「うちは着物も前垂れも各自ばらばらだけど、この襷が三人をまとめてくれるね」

そういって、お蔦がにっこり微笑んだ。ともえの常連客がその表情を見たら、日ごろとの落差に目を見張るに違いない。

「料理人の襷といえば地味なのがお定まりで、こういう派手なのはどうもなあ」

襷を手にしたまま、寛助がぶつぶついっている。

お蔦が肩をそびやかして寛助を見た。

「寛助さん、するの、しないの」

「……します」

寛助が、いま使っている紺の襷を外して、若竹色のに替えた。

なずなが小さく噴き出すと、店の表口に人が立った。

「ちょいと、出前を頼めるかえ」

「おいでなさいまし。どうぞ、うけたまわります」

なずなはいそいそと戸口へ向かう。

客は三十前後の女で、地味な色合いをした格子柄の着物に昼夜帯を締めていた。およそ長屋のお内儀《かみ》さんといった身なりだが、ともえでは初めて見る顔だ。

「娘がゆうべから熱を出して、水よりほかは受け付けなくてね。今しがた熱は下がって、あとはおとなしく寝てれば平気なんだけど、具合いがよくなったら急に腹が減ってきたみたいで……。あたしも一晩中つきっきりで看病してたし、これから煮炊きをするのもおっくうでね。ご飯は亭主が炊いてくれたのがあるんだよ。お菜をいくつか見繕って、届けてもらえるかい」

女の顔には、疲れが濃く滲んでいた。

「かしこまりました。何ができるか、ちょいと聞いてみますね」

なずなが首をめぐらせると、板場から寛助の声が返ってくる。

「いかと芋の煮付けと、こんにゃくのおかかまぶし、それに蓮根《れんこん》のすり流し汁はいかがですかい。おっ母さんも、ろくに食っちゃいねえんでしょう。お届けは二人前でようございますか。そうだな、四半刻《しはんとき》ばかりお待ちいただくかと」

「よかった。いかと芋の煮付けが、うちの子の好物なんだよ」

女は顔をほころばせると、なずなに住まいを告げて帰っていった。

やがて、料理の盛られた器や椀が岡持ちに納められ、白木の蓋《ふた》が被《かぶ》せられた。

「お内儀さんの住まいはどこだって」

「喜平店《きへいだな》です」

寛助に応《こた》えながら、なずなは岡持ちの把手《とって》を両手に摑んで持ち上げた。

「ってえと、昇吉っつぁんの長屋だな」

「それじゃ、行ってきます」

「あいよ。気をつけてな」

寛助の声に送られて、ともえを出る。小上がりの卓を布巾《ふきん》で拭いていたお蔦は、目顔でうなずいたきりだ。

喜平店は、妻恋町《つまごいちょう》にある。明神下《みょうじんした》に出たところで、なずなは手をずらして把手を握り直した。二人前のお菜が二品に、深鉢にはお代わりができる量の汁が入っており、存外にずっしりくるのだ。それでも、母との暮らしが已れの両肩にかかっていると思うと、腹の奥から力が湧いてくる。

ただ、どれほど意気込んでみたところで、十四の子供がお蔦にあてにされていないのは明らかだった。せめて足手まといにならぬよう、いいつけられた用をひとつひとつこなすよりほかない。

なずなの給金は、お蔦が月ごとに福井町の長屋を訪ねておふみに渡してくれるので、じっさいのところ幾らもらっているのか、働いている当人は知らない。だが、「お蔦さんに足を向けて寝たら罰が当たる」というのが、母の口癖になっている。

ともえは、龍平と所帯を持ったお蔦が、亭主に勧められて出した居酒屋だった。だが、思いきりがよくてさっぱりした性分と、人当たりがきついのは紙一重である。雇った料理人が次々に去ってゆき、店の売り上げもぱっとしなかった。

開店から三年ほどして、お蔦の幼馴染《おさななじ》みで、名のある料理茶屋で板前をつとめていた寛助を雇い入れた。寛助はお蔦の気性をもとより心得ており、真っ向からぶつかることもない。料理の腕前もたしかなもので、少しずつ客が増えてきたのだった。

妻恋坂にさしかかると、勾配《こうばい》がきつくなった。岡持ちが斜めにならぬよう、なずなは把手を握る手を持ち変えた。

ほどなく、妻恋稲荷《いなり》の鳥居が右手に見えてくる。周辺の坂や町に付いている地名は、この稲荷社に由来していた。ここで授与される宝船や鶴亀の描かれた絵を正月二日の夜に枕の下にしのばせて寝ると吉夢を見るといい、年の暮れには数多《あまた》の人々が買い求めにやってくる。昨今は妻恋という名にあやかって、病持ちの女房が快癒するようにと亭主が祈願に訪れたりするとも聞く。

この界隈《かいわい》にはしょっちゅう出前に来ており、どこに何という長屋があるか、なずなはおおよそ心得ている。ともえに通ってくる客の住まいも幾つかあった。

坂を登りきったなずなは、狭い路地を入っていった。出前を頼んだ女は、路地のいちばん奥まったところにある家といっていた。手前から数えて七つめの出入り口の前に立ち、

「ともえです。出前に参りました」

と声を掛けると、じきに腰高障子が開いてさっきの女が顔を見せた。

「お待たせしました」

腰をかがめて、岡持ちを女に手渡す。戸口からは、奥の部屋で床の上に起き上がっている女の子の姿が垣間見《かいまみ》えた。

「あら、これは……。頼んだ覚えはないけど」

岡持ちの蓋をずらして、女が眉を持ち上げる。

「小瓶に入っているのは水飴《みずあめ》です。そのまま舐めても、湯に溶かして飲んでも滋養になります。手前どもの女将が、ほんの気持ちですがどうぞって」

「まあ、すまないね」

女が口許をほころばせた。

白砂糖ほどではないにしろ、水飴は貴重な甘味料だった。「水飴をおまけに付けて、お店の損になりませんか」となずなが岡持ちに蓋をしながら訊《き》いたところ、「商売ってのはそういうもんだよ」とお蔦から返ってきた。情け深いのか抜け目ないのか、お

蔦がちょっとわからなくなるのは、こういうときだ。

物音がして振り向くと、長屋のとっつきにある家の前に、ひとりの男が立っていた。わずかに背を丸めて腕組みした男は、周囲を見まわすようにして、すっと戸口を入っていく。

それを何気なく眺めてから、なずなは女に向き直る。

「器は、いつごろ下げにうかがいましょうか」

「一刻ばかりしたら、来てもらえるかい」

「かしこまりました。では、後ほど」

頭を下げて、路地を出る。

帰りはほとんど下り坂で、足取りも軽い。

ともえにもどって仕込みを手伝ったのち、なずなは頃合いをみてふたたび喜平店を訪ねた。

「ごちそうさま。女将さんに、くれぐれも水飴のお礼を伝えておいておくれ」

「こちらこそ。またよろしく頼みます」

軽くなった岡持ちを受け取り、腰高障子を閉める。と、別の家の戸が開いて、男が顔を出した。男はあたりを窺《うかが》うように左右へ首をめぐらせて、路地に姿をあらわす。

男がなずなに目を留めた。さっきの人だ、となずなは思った。

だが、男はなずなをさほど気にするふうもなく、木戸口のほうへ歩いていった。

なずなは男が出てきた家の前で足を止め、しばし考え込んだ。そこは、昇吉の家なのである。閉じられた腰高障子の向こうはひっそりとして、物音ひとつ聞こえてこない。

その夜も、ともえはあんこう鍋を目当てにした客ばかりで、昼のうちに捌いておいたあんこうが早々に売り切れてしまった。

しまいの客が帰っていくと、お蔦が床几の下に収まっている踏み台を持ってきて、つま先立ちになりながら八間の灯を落とした。

店の中は、小上がりに置かれた行燈と、板場の壁に掛かる掛け行燈のあかりきりになる。

なずなは板場で庖丁を研いでいる寛助に訊ねた。

「昇吉さんのところに赤ちゃんが生まれるのって、いつでしたっけ」

「そうさなあ。冬に生まれるといっていたような……」

口をすぼめた寛助が、

「ああ、そうだ。十一月の末、あんこうがうまくなる季節だ。思い出した」

そういって、手にした庖丁をやにわに宙へ突き出した。

とっさになずなが後ずさると、はっと庖丁を俎板へ置いて、ぼんのくぼへ手をやる。

「梅雨時だったか、昇吉っつぁんが話してたんだよ。あんこうの季節になったら、赤ん坊が生まれてくる。何はともあれ、その子の行く手がやすらかなものであってほしいってね」

「ふうん」

「そいつを早野さまが聞いてらして、親の気持ちにぴったりな季節を見計らって生まれてくる、見上げた赤ん坊だといいなすったんだ」

なずなが首をかしげると、

「昇吉っつぁんも、いまのなずなちゃんと同じ顔をしていたが……」

寛助がそういいながら左の手のひらを出し、右の人差し指で何やら書いてみせる。

「漢字だと、魚偏に安泰の安、同じく魚偏に小康の康と書いて、鮟鱇《あんこう》と読むそうだ。安と康のいずれにも、やすらかってえ意味があるらしい」

「へえ、漢字は読めないけど、そんな意味が」

「ま、早野さまの受け売りだがね。さすがに、お武家さまは物知りでいなさる」

寛助が鼻の脇を指で掻《か》く。

生まれてくる子の行く手がやすらかなものであってほしい。照れくさそうにいう昇吉の顔が思い浮かぶようだった。子供には、親の祈りが詰まっているのだ。

己れも、左馬次とおふみの祈りに包まれてこの世に生まれてきたのかと思うと、なずなの心はほんのりと温かくなる。

「それにしても、寛助さん、よく覚えていなさいますね。わたしなんて、昇吉さんのお内儀さんに赤ちゃんができたと聞いたことすら、あやふやで心許なかったのに……」

先だって、昇吉がどぶ汁をにやつきながら見つめているのを目にしても、ぴんとこなかったのはそれゆえだ。

「梅雨時といったら、なずなちゃんはうちで働き始めたばかりだ。客の注文を違《たが》えずに板場へ通すだけで精いっぱいだったろうよ」

寛助が苦笑する。

「それに、あんときの昇吉っつぁんは鎌倉《かまくら》の出張り普請から江戸へもどってきて、久しぶりに顔を見せてくれたんだ。お蔦さんもおれも、内輪の話で盛り上がってよう。なずなちゃんが、ついていけるはずがねえ」

寛助のいう通りだった。

店に入りたてのなずなは、酒や肴を客の許へ運ぶのにしゃかりきになっていて、客との受け応えまで気がまわらなかった。

いちおう、常連客の幾人かについては、その人となりをお蔦や寛助から聞かされていたが、客の顔と名を一致させるのもたやすくはなかった。昇吉も、そのひとりである。

ちなみに、昇吉をともえに初めて連れて来たのは壮二郎《そうじろう》という仕事仲間だったが、いつの頃からか昇吉ひとりで顔を見せるようになったという。女房のお潤《じゅん》は、水茶屋につとめていた茶酌み女で、昇吉は連日、店に通い詰めて口説き落としたらしい。ひととおり頭に入れたうえで昇吉その人と接するようになると、なずなは少しばかり意外な気がした。どちらかというと口数が少なく仕事ひと筋といった趣きの昇吉と、綺麗《きれい》どころをそろえている水茶屋の茶酌み女との取り合わせが、どこかちぐはぐに感じられたのだ。しかし、昇吉の人柄を知るにつれ、その実直さがお潤の心を動かしたのだろうと思うようになったのだった。

店先から風が吹き込んで、店の中のあかりが小さくまたたいた。

「どうしたんだい、藪《やぶ》から棒に赤ん坊の話なんて」

暖簾《のれん》を外したお蔦が、板場にもどってきた。

「それが、昼間に喜平店へ出前に行ったとき、昇吉さんの家に男の人が出入りするのを見かけたんです」

出前を届けた折に家へ入った男が、器を下げにいった折に家から出てきたと話すなずなに、お蔦がわずかに眉をひそめる。

寛助が腕組みになった。

「どんな男だったのかい」

「ええと……」

なずなは目をつむり、まぶたの裏に残る男の像をなぞる。

「年回りは昇吉さんと同じくらいで、猫背だけど、わりと背丈の高い人でした。顎が尖《とが》っていて、ちょいと吊り目で……」

「ふうん。身なりはどうだった」

「長半纏を着ていたから、やっぱり鳶人足かしら」

寛助とお蔦が気遣わしそうに目配せし合ったが、なずなの目には映らない。

「昇吉さんの知り合いが、訪ねてきたんでしょうか。でも、昇吉さんは仕事に出ていますよね。お内儀さんの身内に鳶人足がいて、お産に入用な物を届けにきたのかも……」

「なずな、およし」

お蔦に短くさえぎられて、なずなは目を開いた。

「お客のことに、やたらと首を突っ込むもんじゃないよ。余計なことしてお得意さまを失くすようなことがあったら、ただじゃ置かないからね」

「わたし、そんなつもりはさらさら」

「ともかく、いまの話は口外無用だ。昇吉っつぁんにも、黙ってな」

「え、だけど」

「子供の出る幕じゃないんだよ」

涼やかな双眸《そうぼう》にじろりと睨《にら》まれて、なずなは口をつぐんだ。

寛助はまるで何もなかったように、庖丁を砥石《といし》に当てている。

四

そうはいっても、なずなは喜平店で見かけた男のことが気に掛かって仕方なかった。

「おまえの齢が幾つだろうが、お客にとってはともえの女中なんだ。あたしは一人前のつもりで扱うから、おまえもそういう肚《はら》でいておくれ」

日ごろはそんなふうになずなの尻を叩《たた》くお蔦が、一転して子供扱いしてよこすのが腑《ふ》に落ちない。寛助の態度も胡散臭《うさんくさ》かった。

ふたりとも、物事の肝心なところから己れを遠ざけようとしているみたいだ。

大人たちが隠そうとすればするほどのぞいてみたくなる心持ちが働いて、なずなは明神下あたりに出前があると、ついでに妻恋町へ遠回りするようになった。

十一月に入ると、日ごとに風がつめたくなる。

脂の増したあんこうを味わおうと、連日、仕事帰りの男たちがともえの暖簾をくぐった。

その夜も、話し声や笑い声がわんわん響く店の入り口に、客がまたひとり立った。六十がらみの老女である。小柄な身体はころころと肥えていて、顔も丸い。常連客のひとりだと、なずなはすぐに見て取ったが、奥の小上がりに酒を運んでいて手がいっぱいだ。

客は戸口の柱にもたれかかっており、いつになく疲れているふうだった。ほとんど真っ白になっている髪が額や頬に落ちかかり、まるで落ち武者に化けそこねた古狸が佇んでいるように見える。

「お条《くめ》さんじゃねえか。こっちに来なよ」

床几についた客から手が挙がった。昇吉である。

「おや、そこへ坐らせてもらえるかえ」

お条と呼ばれた老女が戸口を離れて歩を進めると、昇吉の周りにいる客たちが尻を少しずつ詰めて場所をこしらえた。

「や、やや。お武家さままで……。あいすみませんねえ」

お条が小腰をかがめながら床几に腰掛ける。昇吉の隣には、早野さまが背を向けて坐っていた。

「おいでなさいまし、お条さん。席にお通しするのが遅くなって、ごめんなさい。まずは一杯どうぞ。寛助さんが、かーんと熱くしてありますって」

なずなは床几へ近づくと、お条に猪口を持たせせた。ちろりを傾けて、酒をこぼさぬよう気をつけて注ぐ。白い湯気が、柔らかく立ちのぼった。

咽喉《のど》を弓なりに反らせ、お条が酒を呑み干す。

「くうっ、生き返る。熱いのがはらわたに沁《し》み渡るよ。さすが、寛助どんは客をよく見てるね。なにしろ、明け方からずっと気が抜けなかったんだ。えらい難産でね」

お条がひと言ずつ口にするたびに猪口が突き出され、なずなはそのつど酒を注ぎ足した。またたく間に、ちろりが空になる。

「それで、赤ん坊は」

前のめりになる昇吉を、お条がやんわりと押し返す。

「玉のような男の子だよ。おっ母さんも息災だ」

「そうか、よかったなあ」

ほっとした声を洩《も》らした昇吉にうなずき返して、お条がなずなに顔を向けた。

「酒をもう一本頼むよ」

「お燗はどうしましょうか」

「そうさね、ぬる燗で。中汲で十分だからね。あと、飯とどぶ汁もおくれ」

「かしこまりました」

頭を下げると、なずなは床几を離れた。

お条は取り上げ婆《ばば》だ。どんなお産もお条に任せておけば間違いないといわれるほどの腕利きで、界隈では引っ張りだこだった。ひと仕事終えてともえで一杯ひっかけるのを、何よりの楽しみにしている。

銅壺からちろりを引き上げ、熱くなりすぎていないか手で触ってたしかめると、なずなはご飯のよそわれた茶碗とどぶ汁の丼を盆に載せた。

「お待ちどおさま」

お条のかたわらに茶碗と丼を置き、猪口を酒で満たす。

いつもなら、すかさずお条がねぎらいの言葉をかけてよこすのに、それがなかった。なずなは、さっきまで和気藹々《あいあい》としていたお条と昇吉のあいだがどことなくぎくしゃくしているのを察した。板場へ下がっている合間に、なにやら込み入った話を始めたようだ。

昇吉が眉を寄せて、ひそひそという。

「二月だって？　赤ん坊が生まれるのは十一月の末と、おいらはお潤から聞いてるんだ。おかしいじゃねえか」

「はて」

お条がこめかみに指先を当てた。

「おい、しっかりしてくれよ。おいらの赤ん坊なんだぜ」

昇吉が軽く握った拳《こぶし》を床几に打ちつける。

「おいらはそもそも、さほど酒がいける口じゃねえ。お潤の悪阻《つわり》がきつくて煮炊きをするのが容易じゃねえってんで、仕方なくここに通うようになったんだ」

お粂はこめかみを押さえ、まばたきを繰り返している。

「悪阻が治まっても身体を動かすのが難儀だというんで、いまも外で夕飯をすませてる。そんな毎日も、当月の末でおしめえだ。赤ん坊が生まれたら、また家で飯を食えるようになる。おいらはそれを心待ちにしてるんだ」

お粂は動きを止めたままだ。

「二月といったら、少なくともふた月は先の話になる。どういうことなんだい」

昇吉が、またしても拳で床几を叩く。

大人どうしの会話を立ち聞きするようで、なずなは胸がどきどきした。昇吉が赤ん坊の生まれる月に何ゆえそうこだわるのか、ちょっと解せないが、そのことが秘密めいた感じをいっそう深めさせる。

ここを離れなくてはと思うのに、足が金縛りになったみたいに動かない。

猪口に酒が入っていることに、お粂がやっと気がついた。手を猪口へ伸ばし、ゆっくりと口をつける。猪口が空になると、なずなのほうへ差し出し、

「注いでくれるかえ」

酒で満たされた猪口を、ふたたび時をかけて呑んだ。その手がわずかに震えている。

さらに三杯ほど呑んで、お条がふうっと息を吐いた。

「どうもほかの人と取り違えたみたいだ。昔は長丁場のお産が続いたところで何ともなかったのに、寄る年波には勝てないねえ」

渋い顔をして、首を左右に振る。

「は、ははは、ははは」

昇吉がだしぬけに笑いだした。

「なんだ、お条さんの思い違いか。そうか、そうだよな。はは、はは」

どこかぎこちない、乾いた笑い声だった。

早野さまが振り向いて、昇吉とお条の顔を見比べるようにすると、首を元にもどした。

笑いで口許を引きつらせたまま、昇吉がいう。

「二月から十月十日《とつきとおか》を差し引くってえと、まあ、前の年の四月頃になるわな。おいら、四月は親方と一緒に鎌倉へ出張ってたからよう。そう、鎌倉にある寺の住職が親方の古い存じ寄りで、どうしても親方に本堂の修繕普請を頼みてえってんで、ひと月まるまるそっちへ行ってたんだ。お条さんの話を聞きながら月を数えて、びっくりしたぜ。

驚かすのもたいがいにしてくれよ」

昇吉はお粂に口を挿《はさ》む間も与えず、とうとうと喋りたてた。そしてまた、ははは、ははと笑う。

しかし、笑いが途切れると、にわかに真顔になった。思い詰めたような目が、怖いようでもある。

なずなの脳裡《のうり》を、喜平店で見かけた光景がよぎる。

ふと、板場の手前に立ってこちらを見つめているお蔦と目が合った。

くいっと、お蔦が顎をしゃくってみせる。

足の金縛りが解け、なずなはよろけそうになりながら板場へ下がった。

五

あくる日。

なずなは母との昼餉をすませると、福井町の長屋を出てともえに向かった。

ともえでは、いつものようにお蔦と寛助が仕込みにかかっていた。なずなも袂《たもと》から襷を取り出し、両肩へ渡す。

店の前の通りを箒《ほうき》で掃き清めるあいだに、近所の長屋に住む女房が幾人か、芋の煮っころがしや昆布の佃煮《つくだに》などを買いにきたが、じきにぱたりと客が途絶えた。もっとも、寛助はだしをひいたり材料の下ごしらえをしたり、お蔦となずなも店の掃除や皿小鉢の手入れなど、やることをあげるときりがない。

「そういえば、このところ梅川屋さんをお見かけしませんね」

小上がりの卓に布巾をかけながら、なずながいう。かれこれひと月ほど、梅川屋はともえに来ていない。

青菜を刻んでいた寛助が、顔を上げる。

「常州《じょうしゅう》にでも行ってるのかね。あんこうのぶよぶよがどうとか、先に話してただろう」

「それじゃ、金主が集まったんでしょうか」

「そうかもしれねえ。おれもひと口、乗っておけばよかったかな」

「あんたたち、手がお留守になってるよ」

ぴしりとした声が飛んできた。戸棚の前で、両手を腰に当てたお蔦が目を吊り上げている。

なずなと寛助が肩をすくめたとき、表口に女の声がした。

「すみません、出前を頼めますか」

「あ、先だっての……」

なずなは布巾を卓に置いて、戸口へ出ていく。

「娘さん、また具合がよくないんですか」

「そうじゃないんだ。このあいだのいかと芋の煮付けを、うちの子がいたく気に入ってね。あたしが同じようにこしらえても、味付けが違うみたいでさ。どうしてもここのが食べたいっていうものだから」

「そいつはどうも、恐れ入りやす。いかと芋の煮付け、でき立てがありますよ」

板場から、寛助が威勢のいい声を投げてよこす。

女が寛助に軽く会釈を返して、なずなに向き直る。

「ほかには、どういったものがあるかえ」

「昆布の佃煮とか、柚子《ゆず》大根はいかがでしょう」

「じゃあ、それをお願いしようか」

女が帰っていき、ほどなく出前の支度がととのった。

なずなが岡持ちの把手を摑もうとすると、横からさっと手が伸びてきた。

「あたしが行ってくるよ。たしか、喜平店だったね」

「女将さん……」

「おまえを出前に行かせると、いつ帰ってくるかわかったものじゃない」

なずなが遠回りしているのを、お蔦はお見通しだったのだ。

戸口を出ていくお蔦の後ろ姿を、なずなはそわそわした心持ちで見送った。昨晩、昇吉がしまいに見せた表情がどういうわけかまぶたに焼き付いて、妙な胸騒ぎがする。

しばらくして、あ、と寛助が声を上げた。

「いけねえ。入れ忘れちまった」

見ると、佃煮の小鉢が、俎板の脇に置かれたままになっている。

「なずなちゃん、すまねえが届けてくれるかい」

「はいっ」

なずなは小鉢を抱えて店を飛び出すと、通りを駆けだした。お蔦はまだ妻恋町の手前にいるはずだ。しかし、中身をこぼさぬよう気を遣いながら走るので、思うように前へ進めない。

結局、なずながお蔦に追いついたのは、お蔦が喜平店に出前を届けたあとだった。届け先の家から出てきたところに息を切らせたなずながあらわれて、お蔦は怪訝《けげん》そうな顔をした。

「おまえは、ここに用はないはずだよ」

「佃煮を入れ忘れたって、寛助さんが」

「はて、品はきちんとそろってたけど」

お蔦は出てきたばかりの家を振り返ったが、思い当たるふしがあったとみえ、低くつぶやいた。「寛助さんたら、なずなに甘いんだから」と口が動いたようだ。

「ともかく、出前は届けたし、とっとと店に帰ろう」

そういって、お蔦はなずなの手にある小鉢を引き取ろうとする。

木戸口のほうから、どぶ板を踏む音が聞こえてきた。

なずなは首をめぐらせ、うす暗い路地に目を凝らす。先に見かけた男のことが頭にあったが、近づいてくる人影は背恰好《せかっこう》が異なっていた。

「ちょ、ぼうっとするんじゃないよ」

ぐいっと手を引っ張られ、なずなはつんのめるようにして長屋の奥へまわり込んだ。お蔦が建物の羽目板に身を寄せて、路地を窺っている。

「どうして、隠れるんですか」

おのずとひそひそ声になった。

「よくごらん」

お蔦に倣って路地を見てみると、とっつきにある家の前を、男が腕組みして行ったり来たりしている。昇吉ではないか。いつになく剣呑《けんのん》な感じを総身に漂わせていて、ぱっと見ても気づかなかったのだ。

「どうして、自分の家の前でうろうろしてるのかしら」

なずなは首をひねり、いま一度、お蔦に訊ねる。

「でも、どうして隠れるんですか」

「どうしてどうしてって、うるさい子だね」

お蔦が声を殺してなずなを振り向く。

「だったら訊くけど、おまえが幾度もここへ来てたのは、どうしてだい」

「それは、あの……」

悲鳴とも怒号ともつかぬ声が上がったのは、そのときだった。

とっさに路地をのぞくと、昇吉の姿が消えている。

なずなは長屋の陰から飛び出したが、お蔦が行く手に立ち塞《ふさ》がるほうが早かった。

お蔦に通せんぼされるかたちで、そろそろと路地を進んでいく。

「おい、なんで壮二郎がおいらの家に上がり込んでるんだ」

路地に昇吉の声が響いている。

「だいたいおめえ、五のつく日はお志津《しづ》さんの病が治るように妻恋稲荷へお詣《まい》りするって、普請場を抜けさせてもらってるじゃねえか」

「し、昇吉、聞いてくれ。お、お稲荷さんに手を合わせたあと、おめえの家がこのへんにあるのを思い出したんだ。そろそろ子が生まれるとおめえに聞いてたし、お潤さんを訪ねてみようと……」

応じる男の声が、うわずっていた。

お蔦の肩越しに、一間ほど先にある家の腰高障子が開いているのが見える。お蔦には戸口の中がのぞけるようだが、その背中がなずなの邪魔をする。

「おまえさん、ちょいと落ち着いておくれよ。壮二郎さんは、あたしの産み月が近いからって、わざわざ見舞いに寄ってくれたんじゃないか」

「………」

昇吉がくぐもった声でいい返す。しかし、なずなにはよく聞き取れない。

「え、何ていったんだい。そもそも、おまえさん、普請場はどうしたんだよ。仕事を放りだしてきたんじゃないだろうね」

「でたらめをいうのはよせといったんだ」

昇吉が叩きつけるようにいった。

お蔦の後ろで、なずなは首をすくめる。

長屋には、ほかにも人がいるだろうに、あたりはしんと静まり返っている。

「お潤、おめえの産み月は、ふた月も先だそうだな」

昇吉の声が、ぐっと低くなった。

「は、誰がそんなこと……」

「お条さんに聞いたんだ。おいらは幾度も打ち消そうとした。ひと晩じゅう考えて、それでも足りずにさっきまで考え抜いて、ようやくおめえに訊ねる気になったんだ」

「訊ねるって、何を……」

「お潤、真実《ほんとう》のところをいえ。おめえ、壮二郎とはいつから」

「真実のところって……。壮二郎さんがうちに見えたのは、これが初めてだよ。そうよね、壮二郎さん」

「あ、ああ」

「おまえさん、ことによっては壮二郎さんに失礼だよ。お粂さんたら、思い違いでもしたんじゃないの」

お潤の声が、開き直ったように聞こえた。

「あの人もずいぶんと齢をとってるし、耄碌《もうろく》しちまったのかしら。証《あか》しでもあるというなら、話は別だけど」

昇吉が言葉に詰まる。

「証しなら、ございますよ」

お蔦がつっと前に出た。

なずなの視界がにわかに開ける。

お蔦に手振りでうながされ、二歩、三歩と足を進めて戸口に近づくと、家の中がすっかり目に入った。土間に立つ昇吉、部屋にいるお潤、そして長火鉢を挟んでお潤に向かい合っているあの男の顔が、已れに向けられている。

「なずな、正直にいうんだよ。この人がここに来るのは、今日が初めてかい」

「いいえ……。出前の折に、少なくとも四度は見かけています」

ゆるゆるとかぶりを振った。土間の壁際には、柄の長さが異なる鳶口が幾本か立てかけてあり、鋭い刃先をぎらりと光らせている。

なずなの足が、わけもなく震えた。

と、路地にまた人声がした。

「ここだよ、おまえさんが探してる長屋は」

聞き覚えのある声になずなが振り返ると、向こうも目を丸くしている。

「おや、なずなちゃん。お蔦さんも、どうしたんだい」

「訊きたいのは、こっちのほうですよ」

お蔦にいい返されて、お条がかたわらに立つ子供に目をやった。そのへんの長屋住まいの子と似たような身なりをした、七つ八つの男の子だ。きょろきょろと周囲を見まわしている。

「通りでたまたま行き会ってね。人を探してるみたいで、喜平店はどこですかと訊かれて……」

お条がいい終わらぬうちに、

「太吉《たきち》坊。太吉坊じゃねえか」

戸口をのぞき込んだ男の子を見て、壮二郎が声を上げた。太吉と呼ばれた男の子が、壮二郎に駆け寄る。

「おめえ、何だってこんなところへ」

「お、お内儀さんが、お内儀さんが……」

それを聞いて、壮二郎が顔色を変えた。

「お志津が、どうしたって」

「先刻、あの世へ……。うちのおっ母さんが医者を呼びにいったけど、間に合わなくて……」

男の子が、しゃくり上げた。

幾つものどうしてが、なずなの頭をぐるぐると駆けめぐった。さまざまな断片が浮かんでくるものの、どうにも組み立てられない。

しかしながら、壮二郎にはお志津という女房がいて、そのお志津が今しがた息を引き取ったことだけは、おぼろげながら察しがついた。

六

十日ほど経っても、昇吉はともえに顔を見せなかった。

なずなは仕込みのときなど、折にふれて話を仕向けようとするのだが、お蔦の横顔がいつになく険しくて、なかなか切り出せない。

十一月も末にさしかかり、梅川屋七兵衛がともえの暖簾をくぐった。先に連れていた男ふたりも一緒である。

まずは中汲を二合半、ぬる燗につけたちろりを、なずなが床几へ運んだ。男たちに猪口を持たせ、酒を注ぐ。

「梅川屋さん、しばらくお見かけしませんでしたが、お変わりありませんか」

「ああ、なずなちゃん、久しぶりだね」

猪口を手にした梅川屋の頬が、心なしかほっそりしたように見える。

「あんこう鍋を召し上がりますか」

「いや、よしておこう。しばらくあんこうは見たくないという心持ちでね」

梅川屋が苦く笑った。

「じつは、この人たちと水戸《みと》へ行っていたんですよ。先に、あんこうのぶよぶよの話をしただろう。忘れちまったかえ」

「覚えていますとも。ぶよぶよが、油や薪の代わりになるかもしれないんですよね。梅川屋さんの目論見《もくろみ》が当たって、いまごろはお大尽になってるんじゃないかって、寛助さんと話してたんです」

「残念ながら、そううまくはいかなくてね。ぶよぶよが勢いよく燃え上がるなんて、とんでもない。方々から掻き集めた銭も水の泡だ」

「まあ、そんなことになっていようとは」

「この人たちには金主になってもらったし、せめて酒でもふるまって労をねぎらおうと、まあ、そういう次第でね」

浅い息をついて、梅川屋は連れの男たちへ目をやった。

「話をうかがっていると、どうも首尾がよくなかったようでござるな」

「ああ、お武家さま。ご無沙汰《ぶさた》しております」

梅川屋が、声を掛けてきた早野さまのほうへ身体の向きを変えた。

「いつぞや耳にしたぶよぶよの話が聞こえたものでな、つい」

「いやあ、いけませんでした。世間のお役に立ちたいと思っていたのですが……。田沼さまから褒美を頂きたいなどと大きな口をきいた手前、どうにも恥ずかしゅうございます」

梅川屋は身体を縮こまらせると、決まりの悪そうな顔を板場へ向けた。

「おい、女将さん。ちょいとこっちへきて、手前どもを慰めてもらえんかね」

店にいる客は、梅川屋たちと早野さまだけだった。お蔦は板場の前に立ち、床几で交わされるやりとりを聞くともなしに耳にしていたようだ。盆を胸に抱えて、土間を横切ってきた。

「たかが銭に裏切られたくらいで、どうってこともございませんでしょ」

軽くあしらうようにいうと、空いている器を盆に載せてくるりと背を向ける。

しばらくのあいだ、梅川屋たちは思い思いに酒を呑んでいたが、やはり気勢が上がらぬふうで、半刻もすると腰を上げた。ほどなく、早野さまも帰っていく。

夜になって冷え込みがきつくなったようだった。外は木枯らしが吹きつけ、表口や勝手口の戸がばたばたと鳴っている。

お蔦が寛助に声を掛けた。

「この様子じゃお客は来ないだろうし、少し早いけど、今日はもうしまおうか」

「そうさなあ。こう風が強いと、遅くまで火を使うのは剣呑だし」

「わたし、八間の灯を落とします」

なずなはそういって、床几の下から踏み台を引っ張り出す。台に乗って伸び上がり、油皿に手をかざして息を吹きかけると、目の前でちかちかしていた光がふっと途絶えた。

「暖簾を外してくるよ」

お蔦が表へ出て行く。

床几の上に残っている猪口や煙草盆をなずなが板場へ下げていると、店の外でお蔦が誰かと言葉を交わす声がした。

「構わないよ、入っておくれ」

お蔦にうながされて土間に立ったのは、昇吉だった。

「ここからは、昇吉っつぁんの貸し切りだ」

お蔦は暖簾の竹竿《たけざお》を奥の小上がりへ立てかけると、酒樽の前にまわって中汲をちろりに移し、板場の銅壺に張られた湯に浸した。

燗がつくと、湯気の上がるちろりを提げて昇吉のいる床几へ行った。

「今夜は冷える。熱くしたよ」

猪口ではなく湯呑みを昇吉に持たせて酒を注ぐと、隣に腰掛ける。

なずなの耳には、お蔦の声が常よりわずかに温《ぬく》もって聞こえた。

「なずなちゃんは、ここに坐りな」

寛助が、空の酒樽を隅から引きずってくる。板場のかたわらに置かれた酒樽に、なずなは腰を下ろした。

「このあいだは、お見苦しいところをお目にかけちまって、すまなかったな」

そういって、昇吉が湯呑みに口をつける。こく、こくとふた口ばかりゆっくり呑み下したが、少し間をおいたのち、ぐっと干した。ふうっと息をついて、両手に包み込んだ湯呑みを見つめる。

何から話せばいいか、思案しているふうだ。

昇吉の口は、なかなか開かなかった。

「これからどうするのか、それだけ聞かせてくれるかい」

お蔦がちろりを傾け、湯呑みに酒を注ぎ足す。

昇吉が顔を上げ、目をしばたたいた。

「おいら、家を出ることにした。近いうちに、壮二郎が喜平店に移ってくるだろうよ」

「えっ」

我知らず、なずなは腰を浮かせた。

「なんで昇吉さんが家を出ないといけないんですか。そんなの、得心がいきません。お潤さんは、昇吉さんのれっきとしたお内儀さんでしょう」

「なずなちゃん……」

昇吉が首をめぐらせる。

「わたし、おっ母さんに聞いたことがあります。不義を働いた人たちは、死罪になるって。お腹に赤ちゃんのいるお潤さんはともかく、いけないのは壮二郎って人ですよ。昇吉さんや自分のお内儀さんに背くようなことをしたんだもの。誰が何といおうと、堪忍なりません」

なずなはぎゅっと手を握りしめる。

「お潤さんだって、浅はかなことをしたと、きっと悔やんでいなさいます。昇吉さんがお腹立ちになるのもわかりますけど、赤ちゃんがじきに生まれてくるんですよ。お潤さんには、昇吉さんがついていてあげないと」

昇吉がしばし天井を見上げ、なずなに目をもどす。行燈のほのかなあかりに、寂しそうな笑顔が浮かび上がった。

「気遣ってくれて、ありがとよ。だけど、いずれにせよ、こうなる定めだった気がするんだ。亡くなったお志津さんにはすまねえが、いいきっかけになったんじゃねえかな」

「でも」

「そのくらいにしといておあげ」

お蔦の低い声が、なずなを制した。なずなにはいいたいことが山ほどあったが、お蔦の鋭い目を見ると、咽喉から言葉が出てこない。

ひと口、酒を呑んで、昇吉がお蔦に顔を向けた。

「おいらは物足りねえ男なんだとさ。早く帰ってこいといえば寄り道せずに帰ってくる、悪阻がきついといえば素直に外で飯をすませてくる、そういうところが」

「昇吉っつぁん……」

「壮二郎がおいらの家を訪ねてきたのも、初めは正味正気でお詣りがてら顔を出すつもりだったんだ。だけど、お志津さんの病状は悪くなるばかりだった。お互いにやりきれねえ気持ちを吐き出すうちに……」

昇吉の声が、そこで途切れた。

「ま、どうであれ、あたしらは昇吉っつぁんの味方だよ」

お蔦がいうと、昇吉は小さくうなずき、

「生まれてくる子の行く手がやすらかなものであってほしい。おいら、いまでもそう思ってるんだ」

しみじみといって、湯吞みに残っている酒を吞みきった。

「ごちそうさん。今夜はこれで帰るよ」

湯吞みを床几に置いて、腰を上げる。

「昇吉っつぁん、もうひとつ訊いてもいいかい」

「……どうぞ」

「お志津さんが亡くなったと報せにきた子は、どうして壮二郎が喜平店にいると知っていたのかい」

昇吉が目を足許に落とし、わずかに間をおいて顔を上げた。

「自分に何かあったときのことを、お志津さんがあの子に頼んでいたそうだ。五のつく日は喜平店、それよりほかの日は鳶の親方のところに壮二郎がいるから、報せに行ってくれってね」

お蔦が顔をしかめ、寛助も苦々しそうに首を振る。

昇吉を見送りにお蔦が出ていき、店にはなずなと寛助が残された。

しばらくのあいだ、なずなは行燈のあかりを見つめていたが、やがて立ち上がると、空樽を土間の隅へ引きずっていった。胸がもやもやしたままだ。

「お潤さんの腹にいる赤ん坊は、十中八九、壮二郎の子に違いねえ。ひとえに赤ん坊のためを思って、昇吉っつぁんは身を引くのさ」

なずなの気持ちを察したように、寛助が声を掛けてくる。

大人って、むずかしい。なずなはそう思った。

「そりゃ、寛助さんみたいに事を分けて話してくだされば、昇吉さんの心持ちも何となくわかる気がしますけど……。でも、女将さんはあんまりだわ。いつだってわたしを蚊帳《かや》の外に追いやろうとして」

なずなが口を尖らせると、

「まったく、お蔦さんも不器用だよなあ」

穏やかに笑いながら、寛助がいった。

大人って、むずかしいうえに奥が深い。なずなの口からため息が洩れる。

表の戸が引き開けられ、お蔦が店に入ってきた。

「おぉ、さむ」

自分の両肩を抱きかかえ、襟許に顎をうずめている。

「なずな、外をごらん。雪が降ってきたよ」

そういって、手招きしてよこす。

どんな顔をすればよいのかわからず、なずなはわざとそっぽを向いた。

# かんばん娘

一

江戸は師走《しわす》に入った。暮れ六ツをまわって、あたりは暗くなっている。

神田花房町にある居酒屋「ともえ」の板場では、ふんわりと湯気が立ちのぼっていた。

表の腰高障子が引き開けられ、客が首を入れる。

「おいでなさいまし」

板場にいたなずなは、湯気の向こうにいる男ふたりに声を掛けた。

「へい、らっしゃいッ」

なずなの隣で庖丁《ほうちょう》を遣っている寛助からも、威勢のよい声が飛ぶ。

男たちはくたびれた木綿物を裾短《すそみじか》に着て、首から手拭《てぬぐ》いを垂らしている。手足の汚れ具合からして、おそらく日雇いの人足だろう。常連客ではないが、普請場からの帰り道にともえがあるようで、たまに顔を見せる。

なずなは板場をまわり込んで、戸口へ出ていった。

「こちらへどうぞ」

入れ込みの土間に据えられている床几《しょうぎ》を勧めると、人足たちは首の手拭いを取りながら腰掛けた。

「まずは、にごり酒を二合半《こなから》」

兄貴分とみえる男が、片足をもう一方の膝《ひざ》に載せ、半分だけ胡坐《あぐら》のように組む。

「にごり酒ですね。熱々になさいますか」

ふたりとも寒風に晒《さら》された紙のように顔が白く、唇の色もよくない。こういう客は、ひとまず熱いのをぐっとやって身体を温めるものと相場が決まっている。

なずなはそう踏んだのだが、

「いや、ぬる燗《かん》にしてもらおうか」

兄貴分があっさりと切り返して、

「今日はどんな肴《さかな》があるんだい」

「ええと、柚子味噌《ゆずみそ》が香るふろふき大根と、生姜《しょうが》を利かせた鰤《ぶり》のあら煮、それから、鯛《たい》のかぶら蒸しがあります」

なずなは、板場の手前に設えてある台を振り返った。横に長い台の上には、日替わりの肴が盛られた大皿が、幾つか並べてある。

「ふろふき大根と、鰤のあら煮にしようか。それと、小鍋《こなべ》立ての湯豆腐をおくれ。湯豆腐は、熱々で」

「かしこまりました」

いささか得心のいかない気持ちで板場に下がり、寛助に注文を伝えると、

「ふうん。にごり酒をぬる燗で、湯豆腐を熱々か」

寛助は人足たちをちらりと見やり、どういうわけか嬉《うれ》しそうに小鼻を膨らませた。男にしては小柄で、きびきびと立ち働く寛助がそういう表情をすると、どこか川獺《かわうそ》がほくそ笑んでいるように見える。

板場の奥には、極上の諸白《もろはく》、中汲《なかぐみ》、にごり酒と、格の異なる酒樽《さかだる》が並んでいる。なずなは、向かって右端にあるにごり酒の樽から二合半ほどをちろりに注ぎ、湯の張られた銅壺《どうこ》に浸《つ》けた。ちなみに、ともえの銅壺は、いっぺんにちろり四本分の燗をつけることができる。

寛助が手のひらの上で切った豆腐を小鍋に移すと、紺の前垂れで手を拭《ふ》きながら、

「なずなちゃん、湯豆腐の七輪を支度してくれるかい。酒の燗は、おれが加減する」

「はい」

十四のなずなには、酒のうまさも燗の加減も、どうにも摑《つか》みようがない。壁際の棚の下から七輪を引っ張り出し、竈《かまど》に熾《お》きている炭を火箸《ひばし》でつまんで埋《い》けた。

ふろふき大根と鰤のあら煮が運ばれてくると、人足たちの目尻《めじり》が下がった。目の先

にあるのは肴ではなく、さっきまで小上がりの客に応じていたお蔦の美貌《びぼう》である。三十代半ばというのに、目許《めもと》も口許もきりっと引き締まっていて、なまめかしいことこの上ない。

お蔦はいったん板場へ下がり、湯豆腐の鍋を提げてきた。あらかじめなずなが出しておいた七輪に、鍋を載せる。

「どうぞごゆっくり」

わずかに腰をかがめるお蔦を、兄貴分も弟分もでれっとした顔で眺めている。

もう慣れっこになっているなずなは、ちろりを床几に下ろして、ふたりの前にそそくさと猪口《ちょこ》を置いた。

板場にもどると、何食わぬ顔で盆を拭いているお蔦に、ひそひそと話し掛ける。

「ねえ、お蔦さん。玄左衛門《げんざえもん》さんと祐次《ゆうじ》さんが、小上がりの席にいるなんて珍しいですね」

入れ込みの床几とは別に、土間の突き当たりに小上がりの座敷が設けられている。ふたつの卓が、衝立《ついたて》で仕切られていた。床几では、人足たちのほかにも何組かの客が陣取ってわいわいやっているが、小上がりには玄左衛門と祐次のふたりきり、卓を挟んで何やら話し込んでいた。近くの八名川町《やながわちょう》に仕事場を構える刀鍛冶《かじ》の親方と弟子で、ちょくちょく顔を出してくれる。

玄左衛門は四十代半ば、小柄でやや痩《や》せているとはいえ、無駄な肉のついていない身体は強靭《きょうじん》な鋼を思わせる。十九の祐次はわりと背丈があって、若者らしい生気が総身にあふれていた。仕事柄か、ふたりとも眼光が鋭い。

年回りからいって親子のようにも見えるものの、玄左衛門にはかえでというひとり娘があるきりで、倅《せがれ》はいない。いずれはかえでに婿を取って跡を継がせるのだろうが、玄左衛門としては一番弟子の祐次に目を付けているのではないかと、なずなは密《ひそ》かに推量している。

少しばかり遠目にも、師弟が眉《まゆ》の薄い顔をしているのが見て取れた。仕事場に舞う火の粉で、眉が焼け落ちてしまうのだ。そんな人相をしたふたりが向かい合っていると、どことなくおっかない感じもする。

小上がりの席につくのは、たいていが内密の用談をする商人どうしとか、町人とは一線を画したい武家だとかで、なずなの頭にはひっそりと酒肴《しゅこう》をつつく姿がある。日頃はこちらが何もいわなくても、さっと床几に上がり込む玄左衛門たちであるだけに、なずなは小上がりが気になって仕方ない。

先ほどから、お蔦が玄左衛門たちの給仕にあたっているが、卓の上にある器の幾つかが、そろそろ空になる頃合いだった。

「なずな」

盆を手にした途端、お蔦に呼び止められた。振り返ると、切れ長の双眸《そうぼう》が吊《つ》り上がっている。客のことに立ち入るな、と顔に書いてあった。

「小皿が足りないんだ。洗ってくれるかい」

有無をいわせぬ口ぶりで、お蔦が流しのかたわらに据えられた樽を見やる。なみなみと張られた水には、客の前から下げられた皿や小鉢が浸けてあった。

「はい、お蔦さん」

盆をしぶしぶ元にもどして、なずなは樽の水に手を入れた。店の中とはいえ、尖《とが》った冷たさが肌を刺してくる。肘《ひじ》から下が、たちまち痛くなった。

洗いあがった器を小桶《こおけ》に入れ、乾いた布巾《ふきん》で拭いていると、床几で人足たちの手が挙がった。

なずなが土間へ出ていくと、兄貴分がちろりを掲げてみせる。

「いま少し酒を頼む。にごり酒を二合半、熱燗で」

「こんどは、熱燗ですね」

念を押しながらちろりを受け取って、なずなは酒樽の前へまわった。樽からちろりに酒を移し、銅壺の湯に浸す。

お蔦はまたしても小上がりに呼ばれており、寛助は寛助で、新たに入ってきた客の注文を取っていた。食べ物に好き嫌いのある客らしく、やりとりが長引きそうだ。

頃合いを見計らって、なずなはちろりを湯から引き上げた。お蔦や寛助がいつもそうしているように、ちろりの肌に手を当ててみる。

今しがたまで水を触っていたなずなの手は、打って変わってじんじんと熱を持っており、ちっとも見当がつかなかった。そうはいっても、ぬる燗と比べれば、ちろりが湯に浸かっていた時は長い。

「お待たせしました」

床几では、人足たちが笑い合いながら、湯豆腐をつついていた。ありがとよ、と兄貴分がなずなにいって、ちろりの柄を持つ。

「同じにごり酒でも、燗のつきようで味わいがまるきり変わるんだ。花でいうとぬる燗は蕾《つぼみ》だが、熱燗になると香りがわっと咲いて、こいつがたまらねえのよ」

「へえ、そういうもんですかい」

「にごり酒を二度、楽しめるって寸法だ。肴のほうも、ひと味ちがってくる」

人足たちがわざわざぬる燗を頼んだのは、そういうわけだったのかとなずなは合点した。

「ま、ひとつ試してみねえ」

兄貴分がちろりを傾ける。

「じゃ、お先に」

弟分が猪口を押し頂くようにしたが、ちょっと口をつけて首をかしげた。

それを見て、兄貴分も猪口を口許に持っていく。

「なんだ、ちっとも熱くねえな」

「ご、ごめんなさい。すぐに燗をつけ直してきます」

ちろりに手を伸ばそうとするなずなを、兄貴分が身振りで制した。

「いや、このままでいい。あとは、手前《てめえ》たちで按配《あんばい》するさ」

気安い調子でいって、ちろりをひょいと持ち上げると、湯豆腐の鍋に入れた。豆腐をあらかた食べ終わり、湯気を上げるきりになっていた出汁《だし》に、ちろりの三分の一ほどが浸かっている。酒が冷めないよう、そんなふうにする客は少なくなかった。

「おまえさん、まだ子供だもんな。気にすることねえよ」

いたわるような口調で、兄貴分がいう。

「ほんとうに、あいすみません」

なずなが腰を深く折った、そのときだった。

「すみませんで、すむと思うのかッ」

大きな怒鳴り声がして、なずなは思わず首をすくめた。

がやがやしていた店が、しんとなる。床几にいる客たちの目が、いっせいに小上がりへ向けられた。

なずながそろそろと振り返ると、肩を怒らせている玄左衛門の向かいで、祐次が背中を丸めてうつむいていた。

二

この鼻が、いま少し高かったら。

箪笥《たんす》の上に置かれた鏡をのぞき込んで、なずなは人差し指で鼻の頭を押し上げる。

この目が、もうちょっと切れ長だったら。

指先を目尻に移して、引っ張り上げる。なずなが母おふみと寝起きしている、福井町の長屋であった。

鏡の中から見返してくる顔は、世間でいう器量よしには程遠い。

なずなの身近にいる器量よしといって、筆頭に挙げられるのはお蔦である。しかしながら、鏡の中の顔とは輪郭からして違っていた。お蔦は顎《あご》に向かってきゅっとすぼまった、いわゆるきつね顔だが、なずなは頰のぽてっとした、たぬき顔だ。

五日ほど前、小上がりで玄左衛門が声を荒らげたときも、「あら、どうなさいましたか」とお蔦の涼やかな声が土間を通り抜けただけで、店は平静を取りもどした。あの場にお蔦がいなかったら、ほかの客もぴりぴりしていたに相違ない。

お蔦は、うつくしい容貌で客を呼んでいる。寛助は、料理の腕前で客を集めている。けれど、わたしには何もない。ため息をついて、なずなは目許から指を外す。

それにしても、何ゆえ親方はあんな怒鳴り声を上げたのかしら。

ふだんから仕事に厳しい玄左衛門ではあるが、むやみに怒りや苛立《いらだ》ちをむき出しにする人ではない。そんな親方が逆上するほどの粗相を、祐次がしでかしたのだろうか。

そう思いながら、なずなは縁側の明かり障子に目をやった。さっき外に干した洗濯物の影が、障子紙に映っている。手前に延べられた床に、ふだんは母が横になっているのだが、今朝は姿がなかった。

「へえ、身の引き締まった鰤だこと」

「旬でやすからね。身はもちろん、あらもお勧めですよ」

「まあ、こんなに脂がのって」

表口の路地で、ほがらかな声が聞こえている。身体の具合がよいと、おふみは長屋に出入りしている棒手振《ぼてふ》りとやりとりをしたりするのだった。

夕餉《ゆうげ》のお菜は、鰤大根かな。

台所の笊《ざる》に入っている大根を目の端に入れて、なずなは算段する。なずな自身はともえの賄いで夕餉をすませるが、おふみが食べる物は当人がこしらえる。母が表へ買い物に出なくても支度ができるよう、おおまかな下地をととのえてから出掛けるのが、なずなの日課になっていた。

　このところ、雪の舞う日が続いていたが、今朝はからりとした青空が広がっている。おっ母《か》さんも、このまま調子を保ってくれたら。祈りにも似た気持ちで、なずなはともえへ持っていく風呂敷《ふろしき》に前垂れを包む。

「お、お内儀《かみ》さんッ」

　だしぬけに、棒手振りの声が裏返った。

　風呂敷を脇へのけて、なずなは土間に飛び下りる。裸足《はだし》のまま、表へ出た。

　盤台の脇にしゃがんだ棒手振りのかたわらで、襟許を摑んだおふみがうずくまっている。

「おっ母さん」

　なずなは膝を折り、おふみの肩を抱えた。

「む、胸が、苦し……」

「鰤を捌《さば》きながら話をしていたら、やにわに」

　棒手振りが困惑している。

「おっ母さん、しっかりして。おっ母さん、おっ母さん」

　なずなが声を掛けるが、みるみるうちにおふみの唇が紫色になっていく。

「わたし、お医者を呼んできます。母をみていてもらえますか。部屋の奥に、蒲団《ふとん》が敷いてあります」

我ながら、落ち着いた声が出た。

棒手振りがうなずくのを見て、なずなは駆けだした。おふみの掛かりつけは、天王《てんのう》町《ちょう》の高井修山《たかいしゅうざん》という医者だ。大通りの角を折れ、横町から奥へ入ったところにある格子戸を引き開けると、先客らしい男の後ろ姿が目に映った。

「ごめんください。修山先生はおいでになりますか」

声と一緒に転がり込む。

「なずなちゃんか。どうした」

なずなの様子にただならぬものを察したとみえ、修山が框《かまち》へ出てきた。

「母が胸を押さえて、苦しいと……」

「なに、おふみさんが。心ノ臓か」

「頼みます、母を助けてください」

なずなが着物の前をぎゅっと摑むと、先客の男が修山を振り向く。

「あっしのことは構わねえから、すぐに行ってあげてくだせえ」

うむ、と応じた修山が、奥の部屋へ声を飛ばす。

「急病人じゃ。ただちに出向くぞ」

「はい、ただいま」

あわただしい足音とともに障子が開き、修山の弟子が薬箱を携えてくる。

修山と弟子の先に立って福井町に引き返すと、おふみは長屋の床に寝かされていた。なずなたちが戸口を入ってくるのを見て、床の脇に坐《すわ》っていた棒手振りが身をかがめ、少しばかり離れたところに尻を移した。

「どうじゃ、おふみさんは」

枕許に膝をついておふみをのぞき込みながら、修山が棒手振りに訊《たず》ねる。

「へえ、息が苦しいといいなさるんで、こう、おいらに合わせてゆっくり吸って、吐いてみなせえと」

棒手振りが深く呼吸をしてみせて、

「そうしたら、だんだん息がもどってきたんでさ。だが、お疲れになったみてえで、今しがた寝入られやして」

おふみに掛けられた夜着をめくり、修山が手首の脈をとり始めた。指の腹をずらしながら、丹念に診ていく。足首の脈も診たのち、修山が夜着を掛け直して、斜め後ろで見守っているなずなを振り向いた。

「どうやら、命に別状はなさそうじゃ」

「よ、よかった」

なずなの身体から力が抜ける。

修山が棒手振りに顔を向けた。

「いま少し、詳しく訊《き》かせてもらいたいのじゃが、そもそもどういうわけで、こんなふうに」

棒手振りが首を傾け、思い返すような顔つきになる。

「うまそうな鰤だって話をしていたんでさ。どこで獲《と》れたのかと訊かれたんで、下総沖と応《こた》えやしてね。下総といえば、このあいだ千石船《せんごくぶね》が難破したそうだと申しました」

なずなは、はっと顔を上げた。

「ほう、難破とな」

修山が相づちを打つ。

「へえ。あのへんから魚を運んでくる連中が、何かってえとその話をするんで、おいらも出入り先で喋《しゃべ》ってるんですがね。なんでも、東廻《まわ》りの千石船は黒潮に逆らって江戸へ向かってこなきゃならねえんで、犬吠埼《いぬぼうさき》あたりが難所になるそうでして」

「ふむ」

「お内儀さんと話したのは、そんなところですかねえ」

戸口を出ていく棒手振りを見送って、なずなが部屋にもどってくると、修山がおふみを背にして向き直った。修山の弟子が長火鉢のかたわらで薬を煎《せん》じており、部屋には薬草の匂いが漂い始めている。

「ひととおり診たが、心ノ臓ではないな。どうも、心の持ちようではないかと」

気遣わしそうにいって、修山が腕組みをする。

「わたしも、そうじゃないかと」

うなずいて、なずなは修山の向かいに腰を下ろす。父、左馬次は、乗っていた住吉丸が難破して行方知れずとなっている。

高井修山も、そうした背景を心得ていた。

「下総沖の千石船の話を聞いて、不安がにわかに高まったのじゃろう。心がひきつけを起こし、息苦しくなったのじゃな」

「あの、この先も今日みたいなことがあるでしょうか」

「うむ。ともかく、根っこにある案じ事が片付かぬことには……。お父《と》っつぁんのことで、新しい手掛かりはあるのかね」

なずなが首を振ると、修山は顔をしかめた。

「なずな……」

か細い声が、床で上がった。

「おお、目が覚めたか」

修山が首をめぐらせ、なずなはおふみの枕許にいざった。

「おっ母さん、一時はどうなることかと」

夜着に手を入れ、おふみの手を握る。

「まずは薬を。飲むと気持ちがゆったりして、穏やかになる」

修山の指図によって弟子が床の向こう側に膝をつき、おふみの背中を支えて上体を起こしてくれる。

薬湯の入った湯呑《ゆの》みに口をつけ、時をかけて飲みきると、おふみは湯呑みを床のかたわらに置いて、なずなに顔を向けた。

「おまえは、ともえへおゆき」

「そんなことといっても、まだ身体が」

「こうして薬も飲んだし、おっ母さんは、もう平気だ」

「でも」

「ともえで働くとひとたび決めたからには、真心をもってあたらなくちゃいけないよ。おまえなんかでも、いなきゃいないで困るだろうし。早く皆のお役に立てるようにならないと。今日の遅れたぶんは、こんどおっ母さんからもお蔦さんに詫《わ》びておくから」

おふみはそういうと、なずなの膝を二度ばかりやさしく手で叩《たた》いた。

三

「だったら、休んでいいんだよ。ともえには、あたしと寛助さんがいるんだし」

「お蔦さんのいう通りだ。こいつの落とし前はおれがきちんとつけるから、おっ母さんのそばにいてやりな」

刻限に遅れた訳合いを話してなずなが頭を下げると、仕込みにかかっていたお蔦と寛助はおふみの身体を案じ、なずなに長屋へ帰るよう口々にうながした。

寛助が抱えた小桶には、鰤の半身が入っている。おふみを介抱してくれた棒手振りに手間を取らせたことへのせめてもの気持ちで、なずなが買い取らせてもらったのだ。

「いてもいなくても同じって、思われたくないんです」

なずながいうと、お蔦と寛助が顔を見合わせた。

「あてにされていないのは、わきまえてます。でも、わたしだって何かひとつ、これだけは誰にも負けないというものを手にしたい。休んでなんか、いられないんです」

ひと言ずつ区切るように口にしたら、咽喉《のど》の奥が痛くなった。

「まったくもう、好きにおし」

あきれたようにお蔦がいい捨て、店の前を掃きに出ていった。

その背中を苦笑まじりに見送って、寛助がなずなに目を向ける。

「誰にも負けないものねえ……」

なずなは小指の先で目尻をぬぐった。

「あの、酒の燗をうまくつけられるようになりたくて」

「ふむ、燗か」

「寛助さんやお蔦さんは、ちろりを触って見当をつけますよね。わたし、母に似たのか手の冷えがきつくて、どうにも加減が摑めないんです」

「ちょい、手ェ見せてみな」

なずなが差し出した両の手のひらを見て、寛助が顔をしかめた。全体には青白いのだが、小指や薬指のところどころがしもやけで赤く腫《は》れている。

「燗のつき加減で酒や肴の味わいが違ってくると、このあいだお客さんがいってたんです。楽しみになさってたのに、わたしが台無しにしちまって」

寛助が顎に手をやった。

「そんざいなものを客に出すのはよくねえが、そんなに思い詰めなくてもいいんじゃねえかな。なずなちゃんは子供だし、酒の味がわからねえことくらい、客だって百も承知だよ」

どこか気遣うような口ぶりだった。人足の兄貴分が掛けてよこしたのと響きが似ている。

竈に掛かっている鍋が湯気を上げ始め、寛助がそちらへひょいと首を伸ばす。

「極上、中汲、にごり酒。それぞれに濃さも、温まり方も違う。おれにしても、手だけで燗の見当をつけてるわけじゃねえ。酒ってのは、温まるにつれて香りが立ってくる。鼻を利かせるのもひとつだ。だが、それをなずなちゃんがやったら、酔っ払ってひっくり返っちまう」

お蔦が表を掃き終えたらしく、戸口で物音がしている。

鍋に向かって喋っていた寛助が振り返り、黙ってうつむいているなずなを見ると、ぼんのくぼへ手をまわした。

「板前修業に入りたての頃は、おれも何もかもが手探りだったよ。手前なりの工夫が見つかるまでは時がかかるかもしれねえが、少しずつ要領を摑んでいくといい」

実意《じつ》のこもった声に、なずなは下を向いたままうなずくと、袂《たもと》から襷《たすき》を取り出して背中へ掛け渡した。おふみがともえの三人に仕立ててくれた、若竹色の襷だ。

暮れ六ツの鐘が聞こえる時分になると、ともえの暖簾《のれん》を分けて男たちが入ってくる。この時季は、年忘れと称してとにかく酒を呑みたい連中が押しかけてきて、じきに床几はいっぱいになる。酒と肴がおおかた行き渡った頃、表の腰高障子が開いて客の顔がのぞいた。

人品卑しからぬ武家である。

「おいでなさいまし。あ、早野さま」

土間にいたなずなが、声を掛けた。

「入ってもようござるか」

「あいにく、空いているのは小上がりだけでして」

なずなが眉をひそめたのは、ふだんの早野さまが床几で一献傾けているのを見知っているゆえである。

「小上がりが空いておるとな。それでよい。今宵《こよい》は連れがござっての」

早野さまが店の敷居をまたぐ。

「お連れさまも、奥へどうぞ。あら」

「よ、なずなちゃん」

早野さまのあとから腰をかがめて入ってきたのは、刀鍛冶の玄左衛門だった。早野さまも玄左衛門もともえの常連客ではあるが、連れ立っているのをなずなが目にしたことはない。

唐突に、ある光景がなずなの脳裡《のうり》に切り込んできた。今朝、高井修山の家に駆け込んだとき、框にいた先客は玄左衛門ではなかったか。度を失っていて気がつかなかったが、あの後ろ姿は……。

小上がりでは、早野さまに続いて玄左衛門が履き物を脱いでいる。

首をかしげながら、なずなは奥へ向かう。

「ご注文は、いかがなさいますか」

「まずは極上の酒を二合半、ぬる燗で。玄左衛門どの、ようござるかの」

「へい」

卓を挟んで向かい合って坐る早野さまに、玄左衛門が応じる。

「肴は、どういたしましょう」

「さよう、お勧めは」

早野さまが、なずなへ顔を向ける。

「鰤の塩焼きと、鱈《たら》のきのこあんかけ、蕪《かぶ》の甘酢漬けがございますが」

「ほう、鰤か」

目を細めた早野さまに、恐れながら、と玄左衛門が申し出た。

「鰤は、どうも脂がしつこうございます。鱈にしてはいかがでしょう」

「ふむ、構わぬが」

「じゃあ、なずなちゃん、鱈をもらえるかい」

首をめぐらせた玄左衛門に、

「かしこまりました」

なずなは頭を低くして、小上がりを離れた。

板場に下がると、寛助に注文を伝えて、諸白の酒樽から二合半の酒をちろりへ移す。

「ええと、ぬる燗でいいんだな」

寛助がなずなに念を押しながら、ちろりを受け取った。

燗をつける稽古《けいこ》といっても、じっさいの酒を用いては店が傾きかねないので、実地で身につけていくほかない。なずなが考えついたのは、寛助が燗をつけている横で数をかぞえるという手であった。極上、中汲、にごり酒、それぞれのぬる燗、熱燗にかかる時をかぞえ、紙に書いてまるごと頭に叩き込むのだ。

「寛助さん、お願いします」

「よしきた」

銅壺に張られた湯に、ちろりが浸かる。

ひい、ふう、みい……。

なずなはじっとちろりを見つめた。

寛助は銅壺の前を離れて、竈に掛けてある鍋をのぞいている。お蔦は床几の客たちを切り回すのにてんてこ舞いになっていた。

なな、や、ここのつ……。

あれは見間違いだったのかしら、となずなは小上がりへ目をやった。

玄左衛門は神妙な面持ちで、早野さまと言葉を交わしている。時折、手を横に広げているところをみると、刀の寸法のことでも話しているのかもしれない。時折、手を横に広げ

高井修山の家で見かけたのが玄左衛門であれば、今しがた注文を取りにきたなずなに、ひと言あってもよさそうなものだ。もっとも、なずなにしても気が動転していて、先客の顔をはっきりと目にしたかどうかも定かではない。

「もうそろそろかな」

いつのまにか、寛助が横に立っていた。

ちろりを湯から引き上げた寛助は、鼻を近づけて香りをたしかめると、胴回りについたしずくを布巾で拭いて、なずなに差し出した。

「うまくかぞえられたかい」

「ええ、まあ」

あいまいに微笑んで、なずなはちろりを手にする。

「お待たせしました」

小上がりのかたわらになずなが立つと、卓に両肘をついて身を乗り出すような恰好《かっこう》になっていた玄左衛門が肩を引いた。なずなはちろりと猪口を卓に置き、板場へ引き返して、鱈のきのこあんかけと小鉢が幾つか載った盆を抱えてくる。

猪口に酒を注いで口をつけたのち、早野さまと玄左衛門が鱈のきのこあんかけに箸

を伸ばした。

「ほう。舌の上で、鱈の身がほろりとほどける。とろみのあるあんが絡まって、なんとも滋味深い味わいでござるな」

「淡白なようでいて、鱈の味には奥行きがありますので」

「さよう。玄左衛門どののいう通り、鱈にして正解でござった」

早野さまに笑みが浮かぶ。

「早野さまのお腰のものは、玄左衛門親方が打っていなさるんですか」

なずなが訊ねると、早野さまが軽く手を振った。

「それがしの差し料は、当家のあるじより拝領したものだが、そのあるじが、とある神社に刀剣を奉納したいと望まれての。出入りの武具商に玄左衛門どのと引き合わせてもらい、刀剣のあつらえを頼んだのが半年ほど前のこと。こたび、それが一段落ついたとの知らせを受けたのでござる」

「ふうん、半年も前から」

目を丸くしたなずなに、玄左衛門が言葉を添える。

「なにしろ、刀ってのはお武家さまにとっては魂みてえな、いや、それ以上に貴くて厳かなものなんだ。神前で武運長久を祈念なさる大事なお供え物に、生半可なものはお納めできねえ」

「奥が深いんですね」

我知らず感嘆の声が洩《も》れた。江戸に幕府が開かれて、百八十年ほどになる。この泰平の世の中で当たり前ではあるが、なずなは鞘《さや》に収まっている刀を見たことはあっても、抜き身を目にしたことはない。白刃のきらめきを想像すると、どことなく恐ろしいような、神々しいような心持ちになる。

玄左衛門の酌を受けながら、早野さまが口を開く。

「ここへくる前に、研ぎ師からもどってきたものを玄左衛門どのの仕事場で見せてもろうたが、それは見事な出来映えでござった」

「どうも恐れ入りやしてございます」

居住まいを正して、玄左衛門が頭を低くする。

「しかしながら、でござる」

そういって、早野さまがわずかに顔をしかめた。

「その熟練の業前《わざまえ》を引き継ぐ者が、玄左衛門どのにはおらぬと申してな」

「え、どうして。祐次さんがいるじゃありませんか」

なずなは思わず口を挿《はさ》んだ。

「早野さま、そいつはどうぞご勘弁を」

首をすくめる玄左衛門に、

「いずれはわかることではござらぬか。ここには、師弟で顔を出しておるのだろう」

早野さまが苦々しい顔を向ける。

なずなは、ふだんは居合わせた町人客と話はしても、みだりに分限をまたぎ越すことのない早野さまの、思いがけない一面を垣間見《かいまみ》た気がした。奉納する刀の目途がついて、少しばかりくつろいだ心持ちになっているのかもしれない。

玄左衛門が、額ぎわへ手をやった。

「なずなちゃんには、このあいだみっともねえところを見せちまったしなあ」

怒鳴り声を上げたのは、まさにこの席だった。

「それが、祐次のやつ、おれの跡は継がねえといいだしやがってよ。わけを訊ねても、手前はふさわしくねえとか何とか、ぐだぐだと……」

「なずな、床几を手伝ってくれるかい」

お蔦に袂をぐっと引っ張られたのは、そのときだった。

四

なずなは岡持ちを抱えて、神田川沿いの通りを東へ歩いていた。師走も半ばになり、往来を行き交う誰しもが、心なしか前のめりになるようだ。

角を折れて八名川町に入ると、八百屋や古着屋、辻駕籠屋《つじかご》といった小商いを営む店が肩を寄せ合っていた。古着屋の前にさしかかったあたりから、高く澄んだ音が聞こえてくる。音を響かせているのは、玄左衛門の仕事場であった。

辻駕籠屋の手前にある路地を、なずなが入っていく。

路地の突き当たりに、お稲荷《いなり》さんが祀《まつ》ってあった。界隈《かいわい》の住人たちが手を合わせにくるような、小ぢんまりした社である。山茶花《さざんか》の生垣がぐるりにめぐらされており、折しも花開いた薄紅色の花弁が、昼下がりでもほの暗い路地に点々と浮かび上がっている。

なずなが何の気なしに花を見ていると、がさっと生垣が揺れた。つややかな葉の向こうに、人影がある。

とっさに、軒下に積み上げられている炭俵の陰へ身を寄せた。

「なあ、おれ……」

低くひそめているが、祐次の声に違いなかった。

「やっぱり、親方に頭を下げたほうが……」

「そんなの、いけないわ。たやすく諦《あきら》めては……」

応じた声にも、なずなは聞き覚えがある。かえでだ。

しかし、どちらも押し殺したような声で、何を話しているのか聞き取れない。

「でも、こんな手前の勝手で……」

「待って、ねえ……」

ふたたび生垣が揺れて、人影があらわれた。

なずなは身を引き、またそろそろと物陰から顔をのぞかせる。

次の刹那《せつな》、どきんとして、岡持ちの把手《とって》から手を離しそうになった。

生垣の脇に、祐次がうつむいて立っている。その背中に、かえでがぴったりと身体を寄り添わせていた。

どのくらい、ぼうっとしていたのだろう。気がつくと、路地には誰もいなくなっている。

「ごめんください。ともえです」

障子戸の開いている勝手口に控えめな声を掛けると、はい、と応じてかえでが出てきた。

「あの、出前に参りました。末のお弟子さんが注文に来てくれて……。毎度ありがとう存じます」

「かしこまって、どうしたの。なんだか、いつものなずなちゃんじゃないみたい」

大きな瞳《ひとみ》が、二、三度またたいた。

かえでの母親、つまり玄左衛門の女房は、三年ほど前に病で亡くなった。玄左衛門の許には、祐次の下にも弟子がふたりいて、仕事場と住まいを兼ねたこの家で寝起きしている。春に修業奉公を始めたばかりの末の弟子が台所まわりを手伝ってくれるとはいえ、かえでひとりでは手が回らないときもある。ともえの出前が何かと重宝するようで、時折、夕餉のお菜を頼んでくれる。

なずながともえで働き始めてから、およそ七月ばかりのつき合いになる。かえでが二つ齢上《としうえ》ということもあり、出前の折にたわいのないお喋りをするうちに打ち解けて、いまでは姉のような親しみを覚えていた。

「あ、岡持ちを框へ置いていいですか」

声がよそよそしいのが、自分でもわかる。今しがた目にしたふたりの姿がちらついて、かえでの顔をまともに見ることができないのだ。

「どうぞ」

かえでが可笑《おか》しそうに応じる。

土間に入ったなずなは岡持ちの蓋《ふた》を開け、納まっている器を框へ並べていった。

「鰤大根と、蓮根《れんこん》と海老《えび》のはさみ焼き。いくらか多めに盛り付けてあります。それから」

いいさして、別の小鉢を取り出す。

「大根と油揚げの炊き合わせ。これはあっさり仕上げてありますって、寛助さんが」

「助かるわ。お父っつぁんたら、脂のきついのや味付けの濃いものは箸が進まないみたいでね。そういう齢なのかしら」

小鉢に目を落としながら、かえでがいう。

なずなは、しまいに蕪の浅漬けと昆布の佃煮《つくだに》を並べた。

「これは、女将《おかみ》さんから。お茶漬けにすれば、さらっと食べられるでしょうって」

「女将さんにもお気遣いいただいて……。あ、ちょいと待って」

なずなを振り向いたかえでが、つと框を離れて流しへ行き、手拭いを濡《ぬ》らしてもどってくる。

「じっとしてててね」

なずなの右の頰を、ひんやりした感触が撫《な》でた。

目の前に差し出された手拭いが、黒くなっている。

「ほら、炭だわ。なずなちゃん、さては見てたわね」

かえでの白いうなじが刷毛《はけ》ではき上げるように赤くなった。

かえでは、框の空いている場所になずなを坐らせると、その隣へ腰掛けて肩を寄せてきた。

「あのね、ずっと祐次さんに思いを寄せていたの。この秋、神田明神の縁日にふたりで行って、それで……。この手絡《てがら》も、そのとき買ってもらったのよ」

はにかむようにいって、かえでが身をかがめる。縹色《はなだ》の手絡が、髪に掛かっていた。かえでがいかにも好みそうな色合いだ。

「ああ、うん」

我ながら間が抜けていると思いつつ、なずなには気の利いた言葉が浮かんでこない。仕事場からは、トンテンカン、トンテンカンと槌音《つちおと》が聞こえている。

「祐次さんは、野鍛冶《のかじ》の道に進みたいのよ」

にわかに、かえでの横顔が引き締まった。

「野鍛冶？」

「大ざっぱにいうと、うちみたいに刀を打つのが刀鍛冶、鋤《すき》や鎌をこしらえるのが野鍛冶なの」

「あの、こんなことというのは何だけど、野鍛冶よりも刀鍛冶のほうが格が上なんでしょう」

素朴な思いを口にしたなずなに、かえでが顎を引く。

「刀はお侍さまの分身だもの。刀の作り手は職人の中でも別格だと、お父っつぁんも常々いってるわ」

「じゃあ、どうして」

祐次は己れの格を落とす道を、わざわざ選ぼうとしているようなものである。

「刀は、つまるところ人を斬る道具でしょ。戦のない世の中では、そうそう出番はめぐってこない。祐次さんは、人の役に立つものをこしらえる鍛冶職人になりたいのよ」

あたりを憚《はばか》るように、かえでが目を配る。刀鍛冶の娘が口にする言葉として、およそふさわしいものではないと、当人もわきまえているのだろう。

なずなの声も、しぜんに低くなった。

「祐次さんがそんなふうに考えていることを、親方は」

かえでが首を横に振る。

「いついい出そうかと、この一年くらい、祐次さんも悩んでいたみたい。そろそろ一本立ちを迎えるいまが、ちょうど潮時なんだけど……。そんなところへ、私に縁談があってね」

「縁談ですって」

「先月のことよ。相手は、お父っつぁんの兄弟子だった人の次男坊で、助五郎《すけごろう》さんって人。まだ少し早いと、お父っつぁんの一存で断ったんだけど、そんなことがあったあと急に、祐次さんを私の婿にして玄左衛門の名を継がせたいといい出してね」

「ああ、それで」

なずなは膝を打った。

「ともえで険悪になったんですってね。親方の跡は継がないと応じたって……。祐次さんに聞いたわ」

かえでがため息をつく。

「お父っつぁんにとって、祐次さんは手塩にかけて育てた弟子でもあるし、倅みたいなところもある。十九というのはいささか若いけれど、それだけ行く末を見込んでいるのよ」

「ええ、そうでしょうね」

仕事場の槌音は、途切れることなく続いている。

「いずれにしても、祐次さんには己れの思う道を歩いてほしい。私は、そう願ってる」

「とすると、かえでさんは……」

振り向いたなずなに、

「祐次さんについていくわ。たとえ、親子の縁を切られたとしても」

かえでがきっぱりといい切った。

その凜《りん》とした表情を、なずなはまぶしく見つめた。すぐ隣にいるとばかり思っていた人がにわかに遠くなったような、なんだか寂しい気持ちもする。

「ああ、すっきりした。こんなこと、ほかの人には話せないもの」

かえでが立ち上がり、両手を上げて伸びをした。

ふと、なずなは首をかしげる。

「ねえ、かえでさん。つかぬことを訊くけれど、このところ親方はお医者に掛かっていなさるかしら」

眉をひそめたかえでに、なずなは高井修山の家にいた先客の話をする。

「お父っつぁんの掛かりつけは、たしかに修山先生だけど……。身体の具合が悪いなんて、聞いてないわ」

「そう。きっと、よく似た人だったのね。いまのは、忘れてもらえますか。空いた器は、明日にでも引き取りにきます」

なずなも腰を上げて、岡持ちの把手に手を掛けた。

五

三日後、なずなは高井修山の許を訪ねた。その前に一件、用があって森田町《もりたちよう》に立ち寄り、大通りの北側から天王町に向かった。

修山の家は、大通りの角を折れた横町から一本裏手へ入ったところにある。なずなが角の手前にさしかかったとき、ひとりの娘が横町から出てきた。娘はなずなのほうを見ることなく、うつむき加減に大通りを南へ歩いていく。髪に縹色の手絡を掛けていた。

娘の後ろ姿を見送って、なずなは横町に入る。

折よく、修山は家にいた。出入り口の框へ出てきて、土間に立っているなずなに声を掛ける。

「おふみさんの具合はどうかね」

「おかげさまで、内職の針仕事ができるまでになりました」

森田町には、仕上がった品を届けに行ったのだった。

「ともかく、無理はせぬように。気持ちを穏やかに保つのが肝要じゃ」

「念のために、このあいだのお薬を少しいただけますか」

「よかろう」

修山が奥にいる弟子を呼び、手短に指図を与えると、弟子はいったん部屋を出ていった。

通りから離れているせいか、家の中は静かだった。

「あの、さっきまでここに、かえでさんがいませんでしたか」

なずなが訊ねると、修山が怪訝《けげん》な顔をした。

「かえで……？」

「刀鍛冶の、玄左衛門親方の娘さんです。親方の掛かりつけは、修山先生とうかがっていますが」

「はて。この小半刻《こはんとき》ほど、訪ねてきた者はないが」

「そうですか」

わずかに目にした手絡とそれらしい背恰好で、かえでだと踏んだのだが、考えてみればごくありふれた娘の姿であった。

ほどなく、弟子が調合してきた薬を受け取って、なずなは修山の家を後にした。

さらに五日がすぎた。

その夜も、ともえは多くの客でにぎわった。冷え込みのきつい日が続いているのもあって、旬真っ盛りのあんこう鍋はむろん、ねぎま鍋や湯豆腐といった鍋物がよく出る。

夜五ツの鐘が聞こえて、何組かの客が帰っていき、入れ替わりに新たな客が暖簾をくぐった。

床几に残っている器を板場へ下げていたなずなが、戸口へ向かう。

「おいでなさいまし」

「なずなちゃん、こんばんは。ふたりだが、入れるかい」

玄左衛門であった。

「どうぞ。床几でよろしいですか、小上がりもお通しできますけど」

「いや、床几がいいんだ」

そういって、玄左衛門は勝手知ったふうに土間を進んだ。床几の中ほどが空いているのに、奥の端のほうに上がって胡坐をかく。続いて入ってきた男も、玄左衛門に倣った。玄左衛門より幾つか年嵩《としかさ》のようだが、なずなの見知らぬ顔である。

「極上の酒を二合半、熱燗にしておくれ。すまねえが、めしは余所《よそ》ですませてきたんだ。ちょっとしたものでいいから、適当に見繕ってもらえるかい」

「でしたら、豆腐の田楽はいかがですか」

「豆腐もいいんだが、腹のほうは落ち着いちまってるしなあ」

苦笑まじりに、玄左衛門が帯のあたりをさすってみせる。

「ええと、じゃあ……」

なずながまごついていると、お蔦がすっと近づいてきた。

「味噌でも炙《あぶ》りましょうか」

「いいねえ。そいつを頼むよ」

胡坐の膝をぽんと叩いて、玄左衛門がかたわらに坐る男へ目を向ける。

「こちらは、あっしの兄弟子で、助之丞《すけのじよう》さんってんだ。内神田の松田町《まつだちよう》に、仕事場を構えていてね」

「ふうん、そうなんですか」

お蔦が応じると、助之丞と呼ばれた男が苦笑する。

「いやあ、兄弟子といっても、若い時分はこいつと一緒に、親方に怒鳴られっぱなしでしてね。今宵は、うまい酒を呑んで思い出話でもしようじゃないかと、まあそんなわけで」

お蔦がなずなの耳許に口を寄せ、低く吹き込んだ。

「ぼんやりしてないで、お酒」

なずなは慌てて板場へまわった。諸白の酒樽から酒をちろりに移して、銅壺の前に立つ。

「なずなちゃん、手伝おうか」

「ひとりでやってみます」

声を掛けてよこした寛助に応えて、なずなは湯の中にちろりを沈める。

ひい、ふう、みい……。

あれからいろいろと試みて、極上の酒に関しては数をかぞえることで、だいたいの見当がつくようになった。ちなみに、ぬる燗は百二十、熱燗は百八十ほどだ。銅壺に張られた湯加減も肝心で、ぐらぐらと沸くようではいけない。

しかし、それでも一筋縄でいかないのが、中汲とにごり酒であった。水のように透き通っている極上の酒と異なり、中汲とにごり酒は醪《もろみ》などが混じっており、とろみもあるので単に数をかぞえるだけでは、どうもうまくいかないのだ。

なな、や、ここのつ……。

床几では、お蔦が玄左衛門たちの相手をして、笑い声が上がっている。寛助の手許では、しゃもじに塗り広げられた味噌がこうばしい香りを立て始めた。

なずなは一心にかぞえ続ける。

「極上の熱燗、一丁上がりです」

ちろりを湯から引き上げて台に置くと、すかさずお蔦が寄ってきた。

「ごくろうさま」

短くいってちろりの柄を摑み、炙り味噌を載せた盆をもう片方の手で抱えて、くるりと背を向ける。

酒と肴を玄左衛門たちに出すと、お蔦は別の客に呼ばれてそちらへ移った。

玄左衛門と助之丞は、互いに猪口を持たせて酒を注ぎあっている。

かえでの話が、耳によみがえった。先月、助之丞が倅とかえでの縁談を玄左衛門に申し込み、玄左衛門が断ったという。若い時分に同じ釜《かま》の飯を食った者どうし、他人には想像が及ばぬほど固い結びつきがあるとしても、ほんのひと月しか経っていないのに、あんなふうに酒を酌み交わすことができるものだろうか。

「なずなちゃん、こっちにも酒をもらえるかい」

床几からまた別の声が掛かり、なずなは物思いを切り上げた。

玄左衛門と助之丞は、二合半の酒と炙り味噌で一刻近くも粘り、ほかの客たちが引けたのちに帰っていった。

## 六

年の瀬も押し詰まり、残すところ四日となった。

昼間の仕込みのあいだは、店の中もいささかのんびりしている。時折、近所に住まう長屋の女房がお菜を買いにくるくらいだ。

「極上の酒だけでも、なずなちゃんが燗をつけてくれるようになって、おれは助かってるよ」

湯の沸いた鍋を火から下ろし、削り節を加えながら寛助がいう。

「それはそうかもしれませんけど……」

なずなは床几に煙草盆を置いている。

「上等じゃないか。おまえに燗をつけてもらいたくて、わざわざ極上の酒を頼む客もいるんだよ。このままいけば、極上の酒が飛ぶように売れて、ともえは大繁盛だ」

寛助の後ろで棚の皿小鉢を手入れしていたお蔦が、乾いた笑いを口許に浮かべた。

「中汲とにごり酒の燗もつけられるようになったら、お代わりをしてくれるお客さんが増えて、もっと繁盛しそうなのになあ」

なずなが口を尖らせると、寛助が弱ったような顔をする。

「そんなに無理することはないんじゃねえかな」

「その日がくるのを、楽しみにしてるよ」

寛助の脇からお蔦がずいと顔を突き出したとき、表口に人が立った。玄左衛門の末の弟子である。

「あら、こんにちは。出前ですか」

向こうが口を開く前に、なずなが声を掛けた。弟子のほうも毎度のことで、注文するのも慣れたものだった。

「どうも、お世話になります。夕餉のお菜を幾つか、いつものようにお任せしますって、かえでさんが」

「あいよッ。若え人《わけ》たちには、鰆《さわら》の柚庵《ゆうあん》焼きと、山芋の磯辺揚げ。親方にはわかさぎを生姜で煮付けたのと、小松菜のお浸しはどうだい」

打てば響くように、寛助が板場から声を返す。

「柚庵焼きって、何ですか」

「醬油《しょうゆ》と酒を合わせた下地に柚子の輪切りを加えて、そこに鰆の切り身を漬ける。ひと晩おいて汁気を切ったら、焦げないように焼き上げるんだ。しっとりとした鰆の身にほどよい塩気がきいて、口に入れると柚子の香りがふわっと立ってね」

「んん、うまそうだなあ」

ごくりと唾《つば》を飲み込んだ弟子が帰っていき、四半刻もすると、出前の支度がととのった。

料理の盛り付けられた器を岡持ちに納め、白木の蓋を被《かぶ》せて、なずなは把手に手を掛ける。

「それじゃ、行ってきます」

「届けたら、とっとと帰っておいで」

「はぁい」

お蔦の声に、なずなは着物の袖《そで》をひるがえらせて店を出る。

八名川町にさしかかると、お稲荷さんのある路地に入り、玄左衛門の家の勝手口に声を掛けた。

幾度か呼んだが、かえでは出てこない。

仕事場では音がしているので、なずなは路地を引き返して表へまわった。

通りに面した間口は三間ほどで、戸口の内は一面が土間になっており、奥まったところに鞴《ふいご》や火床《ほど》を備えた鍛冶場がある。筒袖の作業衣を着た祐次が鞴の脇に腰を据え、手槌を振るっていた。

だが、土間の四方には注連《しめ》がめぐらされているし、火床では焔《ほのお》も上がっていて、なんとなく近寄りがたく、声を掛けるのもためらわれる。

うす暗い鍛冶場に、鞴から送り出される風がごうと低く唸《うな》ると、火床の焔がくわっと明るむ。祐次がそこに黒い棒のような物を突き入れ、ひと呼吸おいて引き抜く。赤い光を放っている棒を、祐次がこんどは鉄床《かなとこ》に載せ、手槌で叩き始める。

カン、カン、カン。澄んだ音が、土間にこだまする。

しばらくすると、祐次がまた鞴で風を送り、焔の中で棒を赤めて手槌で叩く。その繰り返しだ。

厳かな儀式を目にしているようで、なずなは我を忘れて見入った。

「あれ、そこにいるのは誰だい」

祐次が手槌を止めた。

「あ、ともえのなずなです。出前をお届けに」

「すまねえが、むやみに人を中へ入れることはできねえんだ。裏へまわってもらえるかい」

なずなはふたたび、勝手口へ向かう。

ほどなく、祐次が戸口にあらわれた。鼻の頭や頬が煤《すす》で黒くなっている。

「かえでちゃんは、正月用の品を幾つか買い忘れたとかで、末の弟子をお供にして出てったよ。親方はもうひとりの弟子を連れて暮れの挨拶《あいさつ》廻りで、残ってるのはおれきりという寸法だ」

裏手にある井戸で顔を洗うと煤が流れ落ちて、なずなの見慣れた祐次になる。

「刀って、火にくべると膨らむんですね。こう、ぶわっと赤くなって」

そういって、なずなは台所の框に岡持ちを置く。日ごろ刀鍛冶の技をじっくりと眺めたことなどなく、いささか気持ちが昂《たかぶ》っていた。

「刀というか、鉄にはいろいろと細かなものが混じっていてね。火で熱するとそういうものが溶けて柔らかくなるんだが、粘り気が出て膨らんで見えるんだ。逆に、冷えるときゅっと縮まる」

「へえ、そうなんですか」

感心するとともに、なずなの頭にあることがひらめく。

だが、岡持ちのかたわらに腰掛けた祐次の顔つきが、いつになく険しいのが気に掛かった。

「あの、かえでさんに聞いたんですけど、祐次さんは刀鍛冶にはならないんですか」

なずながおずおずと訊ねると、祐次がゆっくりと宙へ目を向けた。

「初めて手前の刀を打たせてもらったのは十七のときでね。研ぎからもどってきた刀身を目にしたら、これで人を殺《あや》めることができるんだと、にわかに怖くなったんだ。親方が打った刀を見ても、そんなことねえのに、おかしなもんだよな」

わずかに口を歪《ゆが》めて、祐次が言葉を続ける。

「刀は人の命を奪うきりで、何も生み出さねえ。だが、お百姓が使う鋤や鎌なら、めぐりめぐって田圃《たんぼ》や畑の食べ物を生み出すんじゃねえか。そう思うようになったんだ」

「でも、玄左衛門親方は、祐次さんに跡を継いでほしいと望んでいなさるんですよね」

なずながいうと、祐次が短い息をつき、眉間《みけん》に皺《しわ》を寄せる。

「かえでちゃんが話しているかもしれねえが、おれの親父は研ぎ職人だったんだ。その時分は深川《ふかがわ》にいたんだが、あるとき大水が出て、長屋がまるごと浸かっちまった。夜中に寝ていて、あっというまに水がきてね。おれは何かの隙間から外へ流されて、よその家の屋根にいた人が引っ張り上げてくれたんだが、逃げられなかった両親は助からなかった」

「まあ、そんなことが」

なずなは顔をしかめた。

「おれは十の子供で、行くあてもなく途方に暮れた。そこにあらわれて、すぐさま引き取ってくれたのが玄左衛門親方だ。うちの親父が親方の刀の研ぎを請け負っていてね。深川が水浸しになったと聞いて、駆けつけてくれたんだよ」

祐次がいま一度、ふうっと息を吐き、眉間の皺が深くなった。

「かえでさんは、親子の縁を切られても、祐次さんについていくと」

あの折の凜とした顔つきが、なずなのまぶたに焼き付いていた。

「その気持ちは、おれにはもったいねえくらいだよ。だが、親方に恩を仇《あだ》で返すようなもんじゃねえか。かえでちゃんにまで罰が当たりそうで、どうしたらいいのか……」

祐次が頭を抱えたとき、かたん、と戸口で物音がした。

振り向いたなずなの目に、黒い人影が映る。

「祐次さんに、折り入って話があるの。なずなちゃんも、一緒に聞いて」

流しの台に買い物の包みを置いて、かえでが土間を進んだ。背中から光が射して、なずなには表情が読み取れない。

「私、助五郎さんにお婿にきてもらうことにしたの」

淡々とした口ぶりで、かえでがいう。

「な、何を突然……」

なずなは耳を疑った。

「助五郎って、助之丞親方の……」

祐次の声もかすれている。

「一度は縁談を断ったけれど、考え直したの。人柄も温厚だそうだし、お父っつぁんの兄弟子の息子さんだもの、刀をこしらえる腕前に間違いはないわ。じつは、お父っつぁんと助之丞親方とのあいだで、話もついていてね」

ふたりの親方が酒を酌み交わしていたひとこまが、なずなの脳裡をかすめた。

「待って、かえでさん。ずっと前から祐次さんに思いを寄せていたと、話してくれたじゃないの」

なずなの声に、かえでがゆらりと背を向ける。

「祐次さんは、兄さんみたいなもの。私、ひとりっ子だし、男の人を慕う気持ちと、どこか思い違えていたのよ」

声音がひんやりしている。髪に掛かっているのは、縹色の手絡ではなかった。

祐次は茫然《ぼうぜん》と目を見開いている。

どこをどう歩いてともえまで帰ってきたのか、なずなは覚えていない。

「たいそうのんびりした出前だこと」

ちくりとした物言いでなずなを出迎えたお蔦だったが、心ここにあらずな表情を見ると、それきり何もいわなかった。

七

除夜の鐘が聞こえる時分にはちらほらと雪が舞ったものの、初日がのぼる頃には雲も切れて、平穏な年明けとなった。

おふみも身体の調子を保っており、

「なんだか、今年はいいことがありそうな気がするよ」

元日の朝にはそんなことをいって、なずなと雑煮を食べた。

二日にはともえも店を開け、年礼《ねんれい》帰りとみえる商人や仕事始めの職人たちでにぎわった。

小正月をすぎると、江戸の町もようやく静かになってくる。

その夜、ともえの床几には、いつぞやの人足たちがいた。にごり酒のぬる燗と湯豆腐の注文を、今しがたなずなが受けたばかりだ。

「寛助さん、湯豆腐とにごり酒のぬる燗を二合半。わたしが燗をつけます」

「あいよッ」

酒樽のにごり酒をちろりに注いで、なずなは銅壺の前に立った。湯にちろりを浸して、中の酒をじっと見つめる。白く凪《な》いでいる表面が、やがてあえかに揺らいで、ちろりの縁に触れているあたりがほんのりとふくらみを帯びてくる。うっかりすると見逃しそうな、酒の息遣いだ。

なずなはちろりを湯から引き上げ、乾いた布巾で胴回りをさっと拭いた。

「お待たせしました」

人足たちにちろりを出したのち、寛助が支度しておいてくれた七輪と湯豆腐の鍋を運ぶ。人足のふたりは猪口に口をつけ、くうっと咽喉を鳴らしている。

「仕事帰りの一杯は、たまらねえな」

「このぬる燗も、いい按配だ。身体の疲れが、じんわりほどける」

それを聞いて、なずなの心もゆるむ。

小上がりには、早野さまの姿があった。ひとりである。ふだんから羽織袴《はかま》を着け、それなりの身分あるお侍さまに見えるが、今宵に限っては黒の紋付という出《い》で立ちで、いつになくいかめしい佇《たたず》まいを醸していた。床几ではなく小上がりに上がっているのも、町人客に気を遣わせないよう、早野さまなりに心を配っているのだろう。

早野さまの卓のかたわらに、お蔦が膝をついている。時折、ちろりを手にして酌をしながら、早野さまと話をしていた。

しばらくすると、人足たちの手が挙がった。

「酒のお代わりを頼むよ。こんどは、熱燗で」

「かしこまりました」

声を返して、なずなはふたたび銅壺の前にまわる。ちろりからうっすらと湯気が立ち、酒の表面がぬる燗よりも盛り上がってきたときが、ほどよい熱燗の頃合いだ。

祐次から鉄の話を耳にして、酒の燗をつける折に生かすことはできないかとひらめいたのだった。なずなの案を聞くと、なるほどと寛助もうなずいて、燗のつき具合を試すのにつき合ってくれた。

祐次に礼もいいたいし、何よりかえでとのことが気になっているのだが、あれからこっち、玄左衛門も祐次ももとえには顔を見せていない。出前の注文も入らなかった。

なずなは、熱燗のにごり酒を床几へ運んだ。燗の具合をみているあいだに、早野さまはお帰りになったようだった。

人足たちは、前回のこともあって、なずなのつけた燗をさほどあてにはしていなかったとみえる。猪口に注がれた酒をひと口ふくんで、兄貴分が目をまたたく。

「こいつは驚いた。おまえさん、腕を上げたな」

「どうも恐れ入ります」

いささかこそばゆい心持ちで、なずなが頭を低くすると、寛助が板場を出てきた。

「先だっては、行き届かねえところがあって、あいすみませんでした。ほんの気持ちだが、よろしければ召し上がってくだせえ」

盆の上に、細長い角皿が載っている。

「そんな、気を遣わねえでくれよ。それはそうと、何だいこれは」

兄貴分が皿をのぞき込む。

「油揚げに酒粕《さけかす》を塗って炙ったところへ、醬油をちょいとたらしましてね。短冊に切ってありますんで、こう、ひと口つまんでいただいて、熱燗をきゅっと。香りと風味が合わさって、何ともいえねえんでさ。どうぞ、お試しを」

人足たちはいわれるがままにすると、こたえられないという表情になり、んふうっと息をついた。

「絶妙な燗のついた酒と、うめえ肴。まるで夢を見てるみてえだ。なあ、おまえさん、おいらの嫁さんになる気はねえかい」

弟分が、そういってなずなに顔を向ける。

「ちょいと、気安くちょっかいを出さないでくださいな。うちのかんばん娘なんですから」

ぴりっとした声とともにお蔦が歩み寄ってきて、どぎまぎして動けなくなっているなずなの身体を、さりげなく板場のほうへ押しやった。

ばつの悪そうな顔をしている弟分のかたわらで、兄貴分が腕組みをしている。

「お燗の番をする娘が、店に客を引きつける……。女将さんのいう通り、てえしたかんばん娘だ」

「とんちが利いてますでしょ」

お蔦が口の端を持ち上げる。

とんちはともかく、ここにいていいのだといわれた気がして、なずなは胸が熱くなった。

五ツ半をまわる頃には、人足たちやほかの連中も帰っていった。

「なずな、暖簾をしまっておくれ」

「はい」

なずなが暖簾を外してもどってくると、土間をこうこうと照らしていた八間《はちけん》の灯が落とされて、あかりは小上がりの行燈《あんどん》と板場の掛け行燈きりになっていた。

暖簾の竹竿《たけざお》を小上がりへ立てかけているなずなを目で追いながら、お蔦が長い息を吐く。

「寛助さん、水を一杯もらえるかい」

水甕《みずがめ》から湯呑みに水を汲んだ寛助が、板場越しにお蔦へ差し出す。

「どうした、えらく疲れてるようだが」

床几に腰を下ろして、お蔦がひと口、水を飲んだ。ぽつりとつぶやく。

「玄左衛門さんが、亡くなったんですって」

「えっ」

なずなと寛助が、小さく声を上げる。

「早野さまが、お弔いの帰りに立ち寄ってくだすったんだよ。仔細《しさい》はよくわからないとおっしゃっていたけど、親方は前から身体の具合を悪くしてたみたいでね」

「ちっとも気がつかなんだ」

寛助が力なくいうと、

「もともと痩せてたし、仕事が立て込んでくると、食の細くなる人だったものねえ」

お蔦も湯呑みに目を落とす。

「あ、あの、かえでさんは。親方の跡を継ぐのはどなたが」

なずなは口走りながら、とりとめのないことをいっていると自分でも思った。

お蔦が小上がりに顔を向け、ゆるゆると首を振る。

八

かえでがともえを訪ねてきたのは、十日ばかり後の昼下がりであった。

「あの、なずなちゃんはいますか」

板場ではお蔦と寛助が仕込みにかかっており、なずなは小上がりの卓を布巾で拭いていた。

「このたびは、ご愁傷さまです。突然のことで、あたしたちもびっくりしたんですよ」

「辛《つれ》えだろうが、あまり力を落とさねえようにな」

お蔦と寛助が手を止めて悔やみを述べたあと、お蔦がなずなを振り返った。

「ちょいと表へ行っておいで」

「はい、すみません」

なずなは布巾を卓に置いて、戸口を出た。かえでをうながして、神田川沿いの通りまで歩く。川岸に植わっている柳の根方へ、並んで立った。

「かえでさん、こんなとき何ていえばいいのか、わたしわからなくて……」

弱々しい陽射しが水面に砕けてさざなみ立っている。しばらくのあいだ、ふたりとも黙って川の流れを眺めた。

「玄左衛門の名は、お父っつぁんの代でおしまい。いまの仕事場も畳むわ」

穏やかな口調で、かえでが切り出した。

「助五郎さんって人をお婿に取るという話は……」

なずながおずおずと口にすると、

「白紙にもどったわ。というか、助五郎さんとの縁談じたい、まるきり進んでいなかったのよ」

かえでが肩をすくめ、言葉を続ける。

「祐次さんは、鋤や鎌をこしらえている野鍛冶の仕事場でお世話になることになったの。助之丞親方が、骨を折ってくだすってね。ほかのお弟子たちも、親方が引き取ってくださるわ」

頭がこんがらがったまま、なずなはかえでの横顔を見つめた。

「お父っつぁんは、己れの命がそう長くないと悟っていたのよ。祐次さんを跡継ぎにといい出したのも、それゆえだったのね」

「かえでさんも、親方の病のことを知っていたの？」

かえでが首を左右に振る。

「正直いって、これほど悪くなっているとは……。修山先生の家でお父っつぁんを見かけたとなずなちゃんから聞いたときも、信じられなかったくらい」

「修山先生は、かえでさんは来ていないといっていたのに……」

なずなはいささか釈然としなかった。

「お医者は、患者のことをむやみに口外しないものよ。私だって、真実《ほんとう》のところは、おしえてもらえなかったんだもの。お父っつぁんが、修山先生に口止めしていてね」

川から吹いてくる風に浮いた鬢《びん》の毛を、かえでが指先でそっと押さえる。

折々の断片が、なずなの頭の中で組み合わさる。ふいに、思い当たった。

「ひょっとして、かえでさんが縁談を考え直すといったのは、祐次さんのことを嫌いになったわけじゃなくて……」

かえでがなずなに顔を向ける。

「本心を見抜いたのは、お父っつぁんだけ。私に騙《だま》されたふりをして、自分がいなくなったあとの始末を、助之丞親方に頼んでいたの。祐次さんが野鍛冶の道に進みたいと思っていることも、うすうす感づいていたのね」

「じゃあ、玄左衛門親方が……」

「祐次さんの行く末に筋道をつけてくれるよう、助之丞親方に頭を下げたそうよ」

それを聞いて、なずなは天を見上げた。

「かえでさんには、かなわないなあ。わたし、まんまと嘘に引っ掛かったのね」

かえでがくすりと笑い、わずかに首をかしげる。

「嘘というのは、少しばかり意味合いが違うかしら。助五郎さんをお婿にするといったときは、正味で肚《はら》を括《くく》ったもの」

なずなは顔をもどして、かえでを見た。

「祐次さんに、ついていくのね」

「ええ」

なずなを見返して、かえでがしっかりとうなずく。凜とした光が、目に宿っていた。

にわかに雲が切れて、力強い陽が射し込んできた。水面がきらきらと揺れている。

「玄左衛門親方、祐次さん、かえでさん——。表向きはすれ違って見えても、同じくらい熱い気持ちで、お互いのことを思いやっていたのね」

「まあ、なずなちゃん……。お父っつぁんが生きているあいだに、いまの言葉を聞かせてあげたかった」

気丈に振る舞っていたかえでが、そういうと両手で顔を覆った。

かえでの後ろ姿が遠ざかっていくのを、なずなは川岸で見送った。髪に掛かっている縹色の手絡が、涙で滲《にじ》んでいる。

かえでが角を折れて見えなくなると、目許を袂でぬぐって、深く息を吐いた。

ぐいと顔を持ち上げ、なずなは足を踏み出す。

いつまでも、めそめそしてはいられない。わたしは、ともえのかんばん娘だもの。

# 出世魚

一

明け六ツをまわったばかりの往来には、うっすらと靄《もや》がかかっていた。

二月半ばにさしかかり、日ごとに桜の蕾《つぼみ》も膨らんでいる。しかしながら、朝は冷え込む日もあって、なずなの口から白い息が洩《も》れる。

「早起きして、眠くねえかい」

隣を歩く寛助が、そういって振り向いた。木綿の着物を短く端折《はしよ》り、襷掛《たすきが》けをして、肩には空の盥《たらい》を担いでいる。

「ううん、ちっとも。連れて行ってほしいと頼んだのは、わたしですもの」

応《こた》えるそばから欠伸《あくび》が出そうになり、なずなは竹籠《たけかご》を提げていないほうの手で、さりげなく口を覆う。

ちょっとした工夫で酒の燗《かん》をうまくつけられるようになって、なずなは居酒屋「ともえ」で働くのが楽しくなっている。店では鰈《かれい》の煮つけや鯛《たい》のかぶら蒸しなどの肴《さかな》を客に出しているが、その材となる魚や蔬菜《そさい》をどんなふうに仕入れているかといったことにも、関心を抱くようになった。

板場で仕込みをしている寛助に、そんな話をしたところ、「いっぺん、魚河岸へ行ってみるかい」と返ってきた。蔬菜はともえに出入りする青菜売りから買っているが、魚は寛助みずから魚河岸に足を運んで仕入れているそうだ。

そうしたわけで、町木戸の開く刻限に合わせて和泉橋《いずみばし》の袂《たもと》で落ち合い、日本橋に向けて歩いているのだった。

欠伸を嚙《か》み殺したなずなに、寛助が苦笑している。

「ま、じきに眠気なんか吹っ飛ぶさ」

本町《ほんちょう》通りを西へ進む。伊勢町堀《いせちょうぼり》に架かる道浄橋《どうじょうばし》を渡ると、通りを行き交う人の数がぐんと増える。天秤《てんびん》棒を担いだ棒手振《ぼてふ》りや、魚や貝でいっぱいになった盥を寛助のように肩に載せた男たちが、えらい勢いですれ違っていく。

ぶつかりそうで、おっかない。なずなは寛助の後ろにまわり込む。

「なずなちゃん、ここから先は、おれの背中を離れるんじゃねえぞッ」

「はいッ」

周囲が騒がしくなってきて、寛助もなずなも、知らず知らずに声が大きくなる。

魚河岸にさしかかると、磯の香がいっそう濃くなった。

板張りの小屋といってもいいような店がずらりと建ち並び、魚の載せられた板舟が通りへせり出している。板舟は戸板の周りに浅い縁をつけた造りで、さよりや鰆《さわら》といった春の魚のほかに、浅蜊《あさり》、蛤《はまぐり》などの貝が並べられていた。なずなが名を知らない魚もある。

いずれの店先でも、売り手と買い手が大声で怒鳴り合っていて、まるで喧嘩《けんか》をしているみたいだ。時折、寛助が振り返って口を動かすのだが、わあわあという喧騒に掻《か》き消されて、なずなにはさっぱり聞き取れない。

祭りか、あるいは火事場か。そんなふうに思っていると、寛助が歩みを止めた。

「おう、寛助どん。今朝はまた、白魚みてえな娘を連れてるじゃねえか」

板舟の脇に立った男が、しゃがれているのによく通る声を飛ばしてよこす。

「うちの、かんばん娘だ。魚の仕入れを見てえってんでね」

寛助が威勢よく応じる。

「へえ、てえした心掛けのかんばん娘だな。そこに立ってると危ねえよ。さ、こっちへ入りな」

男にうながされ、なずなは寛助の背中を離れて小屋に入った。人の流れを抜け出して、肩の力がいくらか弛《ゆる》む。

寛助が板舟に目をやった。

「今朝のおすすめは何だい」

「どれ……。あんまり活《い》きがよくねえな」

寛助が顔をしかめると、

「参ったなあ、寛助どんはとびきりの目利き者だもの。ちょいと待ってな」

男が奥へ引っ込み、小ぶりの桶《おけ》を抱えてくる。

なずなが見ると、長さ約一尺、背は灰色っぽい青、腹は銀白で、目許《めもと》のぱっちりとした魚が十匹ばかり入っていた。

寛助が顎《あご》に手を当てた。

「ほう、鯔《ぼら》か。たしかに活きはよさそうだが、ちょいと時季が……」

「鯔は冬が旬だからな。このところ海が時化《しけ》てたんで、ふだんと違う場所に魚が移っているみてえでよ。脂の乗りは折り紙つきなんだが、時季はずれってだけで、なかなか買い手がつかねえんだ」

「ふうん、ほかの魚が少々くたびれてるのは、荒波に揉《も》まれたからか」

寛助が桶から目を上げ、いま一度、板舟を見まわす。

「よし、鯔は残らずもらおう。これだけ目の周りがぷっくりしていれば、口に入れなくても味はわかる。それと、浅蜊もおくれ」

「さすが、寛助どん。毎度ありッ」

「鯛とか、鯖かな」

景気よく送り出されて、寛助となずなは店を後にした。

「あの、寛助さん。活きがいいといっても、ともえのお客さんには時季はずれの魚ですよね。ええと、何ていえばいいか、その……」

いい淀《よど》んでいるなずなに、寛助が穏やかに微笑む。

「案じることはねえよ。鯔は出世魚だ。きっと喜んでもらえるさ」

「出世魚って……」

なずなは口にしかけたが、通りは押し合いへし合いになっていて、話を続けられない。

もう一軒、別の店に立ち寄って鯵《あじ》と蛸《たこ》を仕入れ、寛助の担いでいる盥がいっぱいになった。

「なずなちゃん、疲れてねえかい」

「このくらい、どうってことありません。魚河岸って、活気があってわくわくしますね。それに、寛助さんは目利き者だと、どこのお店でも口を揃えておっしゃって……。何だか、わたしまで胸を張りたくなります」

照れくさそうに、寛助が鼻の頭を指でこする。

なずなは通りを見まわした。

「魚河岸で商っているのは、生魚ばかりなんですか」

「日本橋川沿いには生魚の店が集まってるが、あっちのほうには干し魚や乾物を商う店もあるよ」

くいっと顎で示した寛助が、

「そういえば、鰹節《かつおぶし》を切らしそうだったな」

「寄っていきましょう」

なずなのひと声で、ふたりは角を折れて横町に入る。

生魚を商う店と同様、通りには小体な店がひしめいており、はんぺんや蒲鉾《かまぼこ》、佃煮《つくだに》を並べているところもある。なずながきょろきょろしながら寛助に従《つ》いていくと、

「ここだ。なずなちゃん、少しばかり待っててくれるかい」

寛助が一軒の店に入っていき、奥から出てきた主人とやりとりを始めた。

店先には鰹節のほかにも、昆布や干し椎茸《しいたけ》、煮干しなどが並んでいる。ひとつひとつ眺めていると、待っているのも苦にならない。

じきに、鰹節の包みを脇に抱えた寛助が店を出てきた。なずなは包みを受け取って、手に提げた竹籠に入れる。

「仕入れる物は、これで揃ったな。店にもどろうか」

通りの向こうから声を掛けられたのは、そのときだった。

「あれ、寛助じゃねえか」

ひとりの男が、なずなたちにすっと近づいてくる。齢《とし》は四十がらみ、中肉中背の身体つきで、茶色っぽい着物を尻端折《しりはしょ》りにしていた。薄い眉《まゆ》の下に、吊《つ》り上がり気味の目が付いている。手桶には、鰈や貝などが入っていた。

この人も魚河岸に仕入れにきたようだと、なずなは見当をつける。

「おう」

寛助が短く応じ、男は手刀を切るような仕草を寛助にしてみせてから、なずなに笑いかけてきた。

「あたしは、矢惣次《やそじ》といいましてね。寛助とは、前に同じお店《たな》で働いていたことがあるんですよ」

「へえ、そうなんですか」

なずなは隣にいる寛助を振り仰いだ。だが、折しも朝日が目に入って、その表情はよく見えない。

寛助の肩に載っている盥へ、矢惣次がひょいと目をやった。

「いまも板前をやってるんだな。何てお店だい」

「…………」

「ともえってお店なんです。花房町にある居酒屋で……。わたし、そこでお酒の燗をつけてるんですよ」

寛助がなかなか応えないので、なずなが横から口を挿《はさ》む。

「へえ、こんなに可愛らしい娘さんが。それじゃ、近いうちに顔を出さねえとな」

いささか大仰に目を瞠《みは》ると、矢惣次は背を向けて去っていった。

二

その夜、矢惣次はさっそくともえを訪ねてきた。昔の仕事仲間が連れていた小娘を気遣って、お愛想を口にしたのだろうと思っていたなずなは、暖簾《のれん》を分けて入ってきた矢惣次を見て少しばかり意外な心持ちがした。

「そうかい、おまえさんは、なずなちゃんというのかい」

にごり酒を一合、ぬる燗に温めてなずなが運んでいくと、入れ込みの床几《しょうぎ》に腰掛けた矢惣次は、そういってちろりを受け取った。

床几には、梅川屋七兵衛と連れの男たちが上がっていて、先ほどから幾度かなずなを呼び止めては酒や肴を注文していた。

梅川屋たちの向こうでは、武家の早野さまがひとりで猪口《ちょこ》を傾けている。かたわらにお蔦が膝《ひざ》をつき、芹《せり》のお浸しが盛られた小鉢を出していた。

「あの、寛助さんを呼んできましょうか。注文が一段落したところで、板場を離れられると思いますけど」

なずなが気を利かせていうと、矢惣次が顔の前で手を振った。

「どうか構わねえでくれ。仕事の妨げになるようなことはしたくねえ。料理人なんてのは、そいつのこしらえたものを食べれば、どんなふうにすごしているかくらいのことは察しがつくもんさ」

矢惣次の前には、蓮根《れんこん》のきんぴらや、蛸とわかめの酢の物が置いてある。

「へえ、そういうものですか」

「ん、こいつはうまいこと燗がついてるな」

酒を口にした矢惣次が、感心したように猪口を眺めている。

板場に下がると、寛助が一心に庖丁《ほうちょう》を研いでいた。

「矢惣次さんに、何かおまけしなくていいんですか」

こんどは寛助に訊《き》いてみる。

「ちょいと裏へ行って、炭を取ってくるよ」

やにわに庖丁を俎板《まないた》に置いて、寛助が裏口から出ていった。

矢惣次にしろ寛助にしろ、何となく受け応えがしっくりこない。なずなが首をかしげていると、さりげなくお蔦が近づいてくる。

「あの床几の客、おまえの知り合いかい」

お蔦のひそひそ声につられて、なずなの声も低くなった。

「矢惣次さんといって、寛助さんの昔の仕事仲間だそうです。今朝、魚河岸で声を掛けられて……」

「ふうん」

「でも、どうもおかしいんです。ふたりとも、よそよそしくて」

客から見えないように、お蔦がなずなの尻をぽんと叩《たた》く。

「幾度いわせりゃわかるんだい。お客のことには」

切れ長の双眸《そうぼう》に軽く睨《にら》まれて、

「……首を突っ込まない」

なずなはしぶしぶ口にする。

床几で梅川屋の手が挙がった。

「なずなちゃん、お酒のお代わりを頼みますよ。中汲《なかぐみ》を二合半《こなから》、熱燗で」

「はい」

「それと、何かあっさりした肴を見繕ってもらえますか」

「なずなちゃん、こっちも酒を頼む。にごり酒を、ぬる燗で一合だ」

矢惣次の声も飛んできて、俄然《がぜん》、なずなは忙しくなった。

中汲とにごり酒の入った二本のちろりを銅壺《どうこ》の湯に浸《つ》け、それぞれ頃合いを見計らって引き上げる。胴回りについたしずくを乾いた布巾《ふきん》で拭《ふ》いて、まずは矢惣次へ持っていく。

「どうもお待たせしました」

「おう、すまねえな」

煙草盆を脇へ引き寄せ、煙草を吸っていた矢惣次が煙管《キセル》を口から離した。きんぴらと酢の物の小鉢は、あらかたきれいになっている。

「ほかに、肴をお持ちしましょうか」

なずなが訊《たず》ねると、煙管が左右に動いた。

「おれは、酒を呑《の》むときはあんまり食べねえんだ。寛助も心得てるよ」

「そうですか」

なずなはうなずいて、床几に上がった。

「あたしは、先だってのことが悔しくてね。ともかく、おまえさん方に損はさせません」

梅川屋が夢中になって口を動かしている。

「そうはいってもなあ。私だって、ふところに余裕があるわけでもないし」

「梅川屋さんはこのあいだもそんなふうにうそぶいて、手前どもから集めた金をふいになさったんですよ」

低くうなった梅川屋の横に、なずなはちろりを置く。

「先だってのことって、あんこうのぶよぶよですか」

四月《よつき》ばかり前、梅川屋はあんこうの肌のぬめりが油や薪《まき》の代わりになるのではないかと思いつき、金主を募ってひと山当てようと目論《もくろ》んだが、不首尾に終わったという経緯《いきさつ》がある。連れの男たちは、その折も梅川屋に伴われてともえに顔を見せたふたりだった。

前に梅川屋があんこうのぶよぶよの話を始めたときは、早野さまも途中から加わって、ひとしきり座が盛り上がったのだが、今宵《こよい》の早野さまは考え事をなさっている様子で、こちらに背中を向けたままだ。

連れのふたりと自分の猪口を酒で満たして、梅川屋がいう。

「なずなちゃん、あたしはきっと損を取り返しますよ」

「次は何をなさるんですか」

「まあ、順を追って話しましょう。あんこうのぶよぶよの一件で、あたしたちが水戸へ行ったのを覚えているかえ」

「はい、もちろん」

水戸の御城下に逗留《とうりゅう》した梅川屋一行は、あんこうのぶよぶよの取り引き先を探す合
「む、むう」

間に、町を見物してまわった。水府《すいふ》煙草で知られる土地だけに、煙草を商う店が目についた。

「この人の親戚《しんせき》筋も、水戸で刻み煙草を商ってましてね。挨拶《あいさつ》がてら、あたしたちも顔を出して、店のご主人と話をしたんです」

梅川屋が、連れの片方を手振りで示す。

水府煙草が育てられているのは、水戸から少しばかり北へ行った一帯であった。煙草というのは、わりあいに痩《や》せた土地でも育つ作物だが、昨今は江戸や上方へ卸す量も増えて、なかなか収穫が追いつかない。「下肥や草木灰といった肥やしを与えてはいるのですが、思うような成果にはつながっておりませんで」と刻み煙草屋の主人は肩をすぼめた。

「それを聞いて、ひらめいたんですよ」

梅川屋の鼻がひくひくした。

「あたしは水油問屋を営んでいるが、仕入れは上方にある本家筋を通しておりましてね。摂津《せっつ》あたりで育てられる油菜から、油を搾り取ります。搾り取ったあとの粕《かす》は、干鰯《ほしか》などと同じで、綿や藍《あい》といった作物の肥やしになるんです。そうしたことから、煙草にも効き目があるのではないかと思いましてね」

本家筋に油粕を融通してもらい、水府煙草の産地とのあいだに入って仲立ちすれば、それなりの口利き料を取れるはずだ、と梅川屋は熱弁をふるった。

「なるほど、それは妙案ですね」

なずなが相づちを打ったとき、

「なずなちゃん、こっちを頼めるかい」

板場にいる寛助から声が掛かった。

なずなはいったん板場に下がり、肴の盛り付けられた器をふたつ、盆に載せて床几へもどった。ちらりと矢惣次へ目をやると、お蔦を相手に話がはずんでいるようだ。

「ふうん。この時季に、鰡ですか」

出された肴を見て、梅川屋がいぶかしそうな表情になった。連れのふたりも、顔を見合わせている。

「少しばかり旬から外れてますけど、活きはいいんですよ。幾日か海が荒れて、ふだんとは違う場所に移ってきたようで」

「おや、なずなちゃん、いっぱしの板前みたいな口をきくじゃないか」

目を丸くした梅川屋に、なずなは胸を張ってみせる。

「今朝、寛助さんと魚河岸へ仕入れに行ってきたんです」

「ふむ、そういうことか」

「こちらの刺身は、酢味噌《みそ》でどうぞ」

刺身にした鯔は、血合いの濃い紅色と、透き通るような白身の対比が鮮やかだった。店が開く前に、なずなもひと切れ食べさせてもらったが、歯を当てるとぷりっとした弾力があり、嚙むと品のよい旨《うま》みが舌に広がって、我知らず口許がほころんだ。

「それと、こちらは……」

刺身の横にある平皿に、なずなが手のひらを向けると、

「ほう、鯔のへそだな。こうして串《くし》に刺して塩焼きにすると、しこしこっとした歯触りがたまらねえんだ」

口を入れてよこしたのは、矢惣次であった。上体をひねって、顔をこちらへ向けている。お蔦は、奥の小上がりに入った新しい客の応対に当たっていた。

梅川屋たちの目が、さっと矢惣次に集まる。

「おっと、余計な口出しをして、あいすみません。どうぞ、話を続けてくだせえ」

頭を低くした矢惣次に、梅川屋がさばけた口調で応じる。

「構いませんよ。ともえでは隣り合った客どうしが言葉を交わすのも、しょっちゅうなんです。それにしても、話に聞いたことはあるが、これがへそですか」

「さようで。鯔の咽喉許《のどもと》のこのへん、人でいうと胃袋にあたるところに付いていて、大きさはこのくらいでして」

矢惣次が指で輪っかをこしらえると、それまで黙々と猪口を傾けていた早野さまが、

尻をずらして身体の向きを変えた。

「どうも興趣をそそられる話をしておられますな」

「これはお武家さま」

梅川屋たちが居住まいを正し、矢惣次も床几へ上がってかしこまった。

「まあ、堅苦しくならず」

早野さまが弱り顔になり、先を続けるように矢惣次をうながす。

「へえ……。鯔のへそは、そろばん珠《だま》みてえな形をしておりまして、縦に庖丁を入れると、中に泥や砂が詰まってるんです。鯔ってのは餌と一緒に、水底の泥まで吸い込んじまうんで」

「ほほう」

早野さまが目を瞠った。梅川屋たちも、口をすぼめている。

矢惣次の話を聞きながら、なずなは何となく、板場で寛助も耳を傾けているような気がした。

「へそに詰まってる泥や砂は、指先でしごけば取り除くことができるんで、造作もねえといえばそれまでなんだが、そのひと手間がまだるっこしくもありましてね」

「道理で、あまり見かけないわけですな」

梅川屋が膝をぽんと打って、

「それにしても、よくご存じだ。失礼ですが、おまえさんは……」

「名乗るほどの者じゃねえが、ふだんは庖丁を握っておりまして」

「ああ、料理人をなさっているのですな。何というお店で」

「お店というか、その、とあるお武家屋敷で、賄いを受け持っておりましてね」

ひと言ずつ、矢惣次が言葉を選びながら口にする。

「だが、いま時分に料理人が台所にいなくて、お屋敷ではお困りになりませんか。夕餉《ゆうげ》をこしらえたら、給仕は別の者があたりますんで……」

「それもそうですな」

梅川屋がうなずいていると、

「して、どちらのお屋敷でござるかの」

早野さまが問いを入れた。

矢惣次がいささか口ごもる。

「ええと、殿さまの名を口にするのは、ちょっと勘弁していただけますか。その、箕《みの》輪《わ》にあるとだけ、申し上げておきます」

「ふむ、箕輪か」

ふと宙へ目をやって、早野さまが酒を口に含んだ。

三

ともえが暖簾を仕舞うのは夜五ツ半頃、板場の片付けをする寛助とお蔦に挨拶をして、なずなは福井町の裏長屋へ帰る。ひと息つく間もなく、母おふみと町内にある湯屋へ行って汗を流し、木戸の閉まる四ツには家にもどってくる。

寝支度をととのえて床に入ると、じきに眠りの波が押し寄せてくる。だが、なずなは上下の瞼《まぶた》がくっつきそうになるのを堪《こら》えて、隣にいる母へ話し掛けた。

「ねえ、おっ母《か》さん。出世魚って、知ってるかえ」

藪《やぶ》から棒にどうしたの、とおふみが苦笑する。

「大きくなるにつれて呼び名が変わっていく魚のことだろ。鯔とか、鱸《すずき》とか、鰤《ぶり》とか」

「五日ほど前、寛助さんに魚河岸へ連れて行ってもらったでしょ。いささか時季はずれだけど、鯔を仕入れてね」

海が時化たことには触れなかった。先般、下総沖で千石船《せんごくぶね》が難破した話を聞いて、おふみは身体の調子を崩したばかりである。

「仕込みがてら、寛助さんが呼び名をおしえてくだすったの。一寸くらいの子どもがハク、少しずつ育つにつれてオボコ、スバシリ、イナと変わって、一尺ほどに成長するとボラ。もっと大きくなると、トドと呼ばれるんですって」

「トドは、見たことも聞いたこともないよ」

「とどのつまり、というでしょ。ボラの行き着くところって意味合いがあるそうでね」

「へえ。寛助さんとは、おまえがともえで働き始めた折に一度お目に掛かったきりだけど、たいそうな物知りでいなさるんだねえ」

なずなは枕の上の頭をずらして横を向く。

「それでね、オボコってのは、わたしみたいなものだと寛助さんにいわれたの。でも、どういう意味かわからなくて訊ね返したら、くだらないことをなずなに吹き込むなって、お蔦さんが割り込んできて……。ねえ、オボコって、どういうこと」

ふふふ、とおふみの口から笑いが洩れた。

「お蔦さんったら……。いかにも、あの人らしい」

結局、母もオボコの中身には触れようとしない。

一日の終わりのひとときが、なずなは大好きだった。母とたわいもない話をしていると、立ち通しで働いた疲れが、じんわりとほどけていく。

「そうそう、寛助さんの昔の知り合いに、魚河岸でばったり出くわしたの。矢惣次さんといって、ともえにも来てくれたんだけど、一風変わっていてね。帰りがけに、女将《おかみ》さんは寛助のいい人なのかい、なんてお蔦さんに訊いてよこしたりして」

「お蔦さんは、何て応えたんだい」

「さあ、どうでしょう。ですって」

なずながお蔦の物言いを真似ると、なずなは心がぽかぽかして、おふみがいま一度、はずんだ声を立てた。

母が笑うと、なずなは心がぽかぽかして、もっと笑わせたくなる。

「なずなちゃんは寛助の親戚かい、とも訊かれたわ。ともえの三人を見ていると、身内どうしのつながりみたいなものを感じるそうで……」

「おまえは、何と」

「さあ、どうでしょう。って、わたしも応えたわ」

それを聞いて、また、おふみの声がほころぶ。

ひとしきり笑って、おふみがひとつ、息を吐いた。

「ありがたいものだねえ。三人が身内どうしに見えたのは、お蔦さんと寛助さんが、おまえを温かく受け入れてくださっている証《あかし》だ。おまえみたいな子供が、足手まといになりはしないかと心許なかったけど……。お客さんも、いい人ばかりみたいだし」

おふみはしみじみした口ぶりで、

「まったくもって、ありがたいものだ」

同じ言葉を繰り返した。

明かり障子に射しかける月の光が、部屋を白く浮かび上がらせている。

なずなは首をもどして、天井を見上げた。

「それはともかく、寛助さんがあんな朝早くに仕入れをしてるとは思わなかった。魚河岸からまっすぐともえに行って、昼前まで床几でひと眠りして、仕込みに取り掛かるのよ。わたし、あの日は長屋で昼寝をして夕方から店に出させてもらったのに、しまいまで頭がぼうっとしてかなわなかった」

「そりゃあ、おまえ。寛助さんは、その道で食べていなさるんだよ」

おふみにやんわりとたしなめられて、なずなは床の中で肩をすくめる。

「考えてみたら、寛助さんのことをまるで知らないのよね」

寛助はお蔦の幼馴染《おさななじ》みで、ともえで庖丁を握るようになったのは四年ほど前と耳にしている。いまは長者町《ちょうじゃまち》にある住まいから、ともえに通ってくる。

知っているのは、それくらいだ。当人が女房や子供の話をしないので、なずなは独り身だと思っているが、年回りからいって、いてもおかしくはないのだ。

「名のある料理茶屋で板前をつとめていたそうだけど、何というお店なのか聞いたこともないし……」

矢惣次が働いていたのも、おそらくそのお店だろう。

「思うに、寛助さんの腕前に、たいそうな評判が立ったんじゃないかしら。それを耳にしたお蔦さんがお店に掛け合って、寛助さんを引き抜いたに相違ないわ」

「…………」

いつのまにか、おふみがかすかな寝息を立てている。

ほどなく、なずなも健やかな眠りに落ちた。

四

三月半ばにさしかかると、隅田堤《すみだづつみ》や飛鳥山《あすかやま》などの桜が咲き始めた。むろん、ともえに近い上野山《うえのやま》も桜の名所で、市中から数多《あまた》の花見客が訪れる。

上野山では三味線や太鼓といった鳴り物のほか、花の下で酒を呑むのも禁じられている。暮れ六ツの鐘が鳴ると、花見客たちは追い出されて門が閉ざされるので、口さみしい連中が下谷《したや》や神田に流れてくる。

ともえも連日の盛況であった。ふだんは常連客が七、振りの客が三の割合だが、花見の時季は、ともするとそれがひっくり返る。

六ツ半をまわって表の腰高障子を引き開けた梅川屋七兵衛も、客で埋まっている床几を見て目をぱちくりさせた。

「梅川屋さん、おいでなさいまし」

なずなが戸口へ出ていった。梅川屋の後ろには、見慣れた連れのふたりもいる。

「床几がいっぱいで、小上がりでしたら空いているんですけど」

「では、小上がりで。坐《すわ》る場所があるだけで、御の字だ」

土間を奥へ進みながら、梅川屋が板場の手前に設《しつら》えてある台に目を向けた。台の上には、日替わりの肴が盛られた大皿が並んでいる。

「ふむ、鯔はないのかえ」

「あいすまねえ。先だっては、たまたま手に入りましたんで……」

板場の内で、寛助が頭を下げる。

「そうでしたね。しかし、あれは美味《うま》かった」

名残惜しそうに首を振りながら、梅川屋が小上がりをまたぐ。小上がりには卓がふたつあって、衝立《ついたて》で仕切られている。

梅川屋たちが卓につくと、小上がりも塞《ふさ》がった。

「中汲の酒を二合半、ぬる燗で。肴は、長芋の磯辺焼きに、独活《うど》とわけぎのぬた、それと筍《たけのこ》と浅蜊の煮物を頼みます」

常連客の梅川屋はさすがに慣れたもので、混み合っているときは大皿の肴を頼むのが手っ取り早いのを心得ている。

「かしこまりました」

なずなは寛助に注文を伝え、酒の燗に取り掛かる。

燗のついた酒を小上がりへ運び、板場に下がって、肴の盛られた皿や小鉢を盆に載せて引き返してくる。

ちろりを持ち上げた梅川屋が、店を見まわした。

「あのお方は、今日はいないのですね」

「あのお方って……」

なずなは皿や小鉢を卓に並べる手を止める。

「ほら、鯔のへそについて講釈してくだすった方がいらしたでしょう。ああした蘊蓄《うんちく》話《ばなし》を聞いて肴をつまむのも、また乙なものだ」

どうやら、矢惣次のことをいっているらしい。

「あのあと、二、三回いらしてますよ。三日前にも、お見えになりましたけど……」

なずなの返事を、梅川屋はさして気に留めるふうはなかった。連れの男たちに酒を注ぎながら、話を変える。

「この人たちが、金主になってくれるそうでしてね」

「ああ、肥やしの」

梅川屋の向かいに坐っているふたりへなずなが目を向けると、男たちは猪口を少しばかり掲げて、

「こたびは梅川屋さんの商いに因《ちな》んだ話だからこそ、ひとくち乗る気になったんですよ」

「これで、あんこうのぶよぶよのときみたいなことになったら、もう次はないものと」

本気とも軽口ともつかぬことをいって、苦笑している。

「肥やしで、そんなに作物の育ち具合が変わるものなんですか」

なずなは梅川屋に訊ねてみた。

「そりゃあ、変わるとも。肥やしをやると、まず、土が豊かになる。そこから吸い上げられる滋養で、作物の葉や茎、根っこが丈夫になり、花や実がよくつくようになる。まあ、煙草は葉の部分きりだが、肥やしをやるとやらないでは、まるで違うんだよ」

「へえ」

なずなが感じ入っていると、梅川屋が懐に手をやって、折り畳まれた紙を取り出した。

「上方から江戸まで油粕を廻船で運んでくるとして、気掛かりなのはその先です」

いいながら、梅川屋は器をいくらかずらして、空いた場所に紙を広げる。

絵図のようだ。江戸、水戸と印が打ってあって、まっすぐな線とゆるやかな曲線が描き込まれている。

「江戸から水戸へ油粕を運ぶには、行徳《ぎょうとく》から松戸《まつど》、流山《ながれやま》と江戸川を舟で遡《さかのぼ》って、適当なところで水戸街道に入るのが順当だろうが……」

梅川屋の指先が、まず曲線をなぞり、次いで直線を辿《たど》る。

男たちが紙に被《かぶ》さるようにして額を寄せ合っているので、なずなはおのずとつま先立ちになる。

「梅川屋さん。陸路を行くとなると、馬を雇うことになりますな。そのぶん、費用《かかり》がかさむ」

「そうなのですよ。江戸前から小湊《こみなと》、銚子《ちょうし》と海をまわり込む手もあるが……」

「いや、それは剣呑《けんのん》でしょう。少し前にも、千石船が難破したと耳にしていますよ」

「こう、江戸前から印旛沼《いんばぬま》、利根川《とねがわ》へと通じる水路でもあればいいのだが……。そうすれば、霞ヶ浦《かすみがうら》を抜けて、ずいぶんと陸路を短くすることができるのに」

梅川屋が紙の白いところに指で線を描き、男たちがため息をつく。

ふと、背中にちくちくしたものを感じて振り返ると、床几の前でお蔦がこちらを向いていた。目が三角に吊り上がっている。

空になったちろりを手にして、なずなのほうに振ってみせている客の姿もある。

なずなは小上がりを離れ、床几へまわった。酒をお代わりする客の注文をとり、板場へ引っ込む。

熱燗、ぬる燗、人肌の燗。頼まれた順に、なずなは酒樽《さかだる》と銅壺の前を行ったり来たりした。

「へい、らっしゃいッ」

寛助の声で、なずなが表口へ目をやると、暖簾を掻き分けて早野さまの顔がのぞいている。

お蔦は床几の客に肴を出していた。銅壺の湯には四本のちろりが浸かっていて、なずなも手が離せない。

「お武家さま、よろしかったら手前どもとご一緒なさいませんか」

小上がりで、梅川屋の声が迎えた。

「や、かたじけない」

暖簾をくぐった早野さまに、寛助が頭を下げる。

「早野さま、あいにくと混み合っておりまして、恐れ入ります」

「にぎやかな中で味わう酒も、よいものでござるよ」

気取りのない口調で、早野さまが土間を横切っていく。

しばらくのあいだ、なずなは銅壺の前に詰めきりで、酒の燗にあたった。

何組かの客が帰っていき、入れ替わりに新たな客が入ってきた。

小上がりでは、早野さまも卓に広げられた紙を指さして、梅川屋たちと語らっている。

「うへえ。何だ、これは」

「ひでえもんだ」

調子はずれな声が上がったのは、じきに五ッになる頃であった。

なずなが顔を上げると、床几にいるふたり連れの男が顔をしかめている。ひとりはひょろっとしたのっぽで面長、いまひとりは小太りで丸顔の、どちらもともえでは見かけない客だ。

和やかにざわめいていた店がふっと静まり、客たちの目が男たちに向けられた。

「お客さま、どうかなさいましたか」

涼やかな声とともに、表口のかたわらにいたお蔦がきびきびとした足取りで床几へ向かう。

「どうもこうも、しょっぱくてかなわねえ」

「この店は、塩味をきつくして酒をたくさん呑ませようって肚《はら》なのか」

男たちの前に出ているのは、鰆の甘酢あんかけである。大皿に盛られた日替わりの肴ではなく、客の好みを聞いて寛助がこしらえたひと品だった。

お蔦がわずかに眉をひそめる。

「塩加減が……。そんなはずはございませんが」

「そんなら、女将が味を見るといい」

皿を突き出されたお蔦が、小指の先で甘酢あんをすくう。口に含むと、にわかに表情が険しくなった。

「まことに失礼いたしました。板前が、どうも砂糖と塩を取り違えたようでございます。すぐにこしらえ直して、お持ちいたしますので」

美貌《びぼう》の女将が深々と頭を下げるのを見て、

「まあ、わかればいいってことよ」

男たちもわりとあっさり引き下がった。

店にはさざめきがもどってきたが、なんとなく場が白けた感じは否めない。

床几にいる客たちが腰を上げ、ぱらぱらと帰っていく。

「なずなちゃん、お勘定を頼みます。早野さまのぶんも、手前どもにつけてもらえますか」

土間に立った梅川屋が、銅壺の前でひと息ついているなずなに声を掛ける。

「かしこまりました。少々お待ちください」

なずなは大皿の脇に束ねられた勘定書きの紙片に手を伸ばす。

鯖の甘酢あんかけをこしらえ直している寛助が、顔を上げて何かいおうとしたが、梅川屋たちよりいくぶん遅れて土間へ下りてきた早野さまが目顔で制する。

お蔦は床几の男たちと言葉を交わしながら、肴が出来上がるまでの間をつないでいる。

梅川屋の一行と早野さまを、なずなは戸口の外へ見送りに出た。心をこめて、頭を低くする。

「今日はばたばたしていて、あいすみませんでした」

「桜の時季は、毎年こんなものです。そう気にしないでおくれ」

梅川屋がいい、早野さまが口を開く。

「明日もまた、梅川屋どのと参ることに相成っての。暮れ六ツに、小上がりを押さえておいてもらえようか。むろん、明日はこちらが勘定を持つ」

「はあ……。早野さまが、梅川屋さんたちとご一緒に」

きょとんとしているなずなに、梅川屋が応じた。

「さっきの絵図です。いかにして肥やしを水戸へ運ぶか、早野さまが相談に乗ってくださると」

「そういうことでしたか」

なずなはうなずきながら、おや、と思った。梅川屋が「早野さま」と口にするのを、これまで聞いたことがなかった気がする。

だが、勘定をする客が店の中で待っていて、のんびりと立ち話もしていられない。

やがて、床几の男たちも帰っていき、店に客はいなくなった。

「わたし、暖簾を下ろしてきますね」

なずなは表の腰高障子を引き、掛け渡されている竹竿《たけざお》に手を伸ばす。背後で、寛助のため息が聞こえた。

「お蔦さん、すまねえ。また、やっちまった」

寛助が味加減をしくじるのは、これが初めてではなかった。このところ、塩味がきつかったり、逆に薄味で客に不平をいわれたりすることが、少なからずある。

「これだけ立て込んでたら、どんな板前だっておたおたするさ」

慰めるように応じたお蔦が、

「だけど、寛助さん。わけがあるなら、聞かせておくれ。そうじゃないと、こっちも何ともしようがない」

やれやれといった口調で続ける。

少しばかり間があって、いま一度、寛助が息を吐く。

「おれも齢かもしれねえな」

「何いってんだい。あたしとは五つっきり違わないんだ。その齢で耄碌《もうろく》されたら弱っちまう」

「やっぱり、寛助さんは疲れておいでなんですよ。朝早くの仕入れから、夜遅くの片付けまで、ずっと働き通しですもん」

お蔦が首をめぐらせた。

暖簾の竹竿を摑《つか》んで、なずなは奥の小上がりへ立て掛ける。

「おまえも、ふだんより遅くなっちまって、すまないね。あとのことはいいから、もうお帰り」

「なずなちゃん、提灯《ちょうちん》を持っていきな」

寛助が壁に掛かっている提灯へ手を伸ばすが、

「平気です。月が出てますし」

なずなはざっと帰り支度をして、ともえを後にした。

ともえから福井町の長屋までは、神田川沿いの通りを東へ進んで、大通りに出たら鳥越《とりごえ》のほうへ折れる。ゆっくり歩いても、四半刻《しはんとき》とかからない。

川沿いの家々には灯がともり、往来にも提灯の明かりが動いていた。なずなのように、提灯を持たずに歩いている人影もちらほらと見受けられる。

通りの途中、灯あかりの絶える場所があった。武家屋敷の高い板塀が左手に続き、右手には神田川の水音が闇に響くばかりだ。黒々とした行く手に射しかける月の光だけを頼りに、なずなの歩みはしぜんと速くなる。

人のうめき声を聞いたような気がしたのは、いま少しで板塀が切れるあたりだった。

「うう、痛《いて》え」

川沿いに植わっている柳の根方に、男がうずくまっている。

「あの、どうかしましたか」

足を止めて、なずなはおそるおそる声を掛けた。

「それが、どういうわけか大きな石が転がっていて、うっかり踏んだ拍子に足を挫《くじ》いちまったようで……」

「まあ。立ち上がれますか」

なずなが二、三歩、踏み出したとき、柳の裏からまたひとり、男があらわれた。

月明かりが、男たちの顔貌を照らし出す。

「あ、さっきの」

塩加減にけちをつけた人たちだ、と思った瞬間、みぞおちに鈍い痛みを感じて、なずなは膝からくずおれた。

# 五

目を開いたとき、なずなは暗闇に押し込められていた。両手を後ろ手に縛られ、口には手拭《てぬぐ》いを噛まされている。背中を壁につけ、頭を垂れるような恰好《かっこう》で坐らされており、両足もきつく結ばれていた。

どのくらい気を失っていたのか、まるで見当がつかない。

暗がりに、母の顔が浮かんだ。ともえから帰ってこないなずなを、長屋で案じているに相違ない。

家のことを思うと、にわかに心細くなった。きゅうっと胃が縮まる。

少しばかり離れたところで、低いどよめきが起こった。身体をよじって壁に耳を押し当てると、いくらかまとまった数の人声がするが、どこか湿っぽく、くぐもって聞こえる。

声の響き具合から、なずなは何となく、広い建物の一角にいる気がした。

いったい、ここはどこなのか。

闇を見まわしていると、徐々に足音が近づいてきて、隣の部屋に人が入った。幾人か、いるようだ。

「しかし兄ィ、寛助といったっけ、あいつがどんな野郎か世間にぶちまけて、店に客が寄りつかないようにするくらい、わけもねえことでしょう」

「あっしらが兄ィの名をちょいと耳打ちしただけで、塩加減を違《たが》えるような腰抜けだ。すぐさま店を辞めますよ」

なずなの脳裡《のうり》に、面長な男と丸顔の男の顔がよみがえる。

「おまえら、つまらねえことをほざくなよ。たやすくけりがついたんじゃ、面白くもなんともねえ。もっと、じわじわと寛助をいたぶってやりてえんだ」

兄ィと呼ばれた男の声にも、なずなは聞き覚えがあった。

と、ふいに目の前が明るくなる。襖《ふすま》が引き開けられたのだ。

「おう、気がついたかい」

矢惣次が、なずなをのぞき込んでいた。案に違わず、ふたりの男の顔も見える。

なずなは喋《しゃべ》ろうとするが、口に手拭いが食い込んで、もごもごするばかりだ。

「手拭いをはずしてやってもいいが、大きな声を出すんじゃねえぞ。もっとも、声を上げたところで、誰も助けには来やしねえが」

ここは矢惣次のいう通りにするのがよさそうだ。そう了簡《りょうけん》して、なずなはうなずく。

矢惣次が目配せすると、面長な男がなずなの後ろにまわり込み、手拭いをはずした。

どこかで、またしてもどっと人の沸く声が、かすかに響いている。

ふうっと息を吐いて、なずなは口を動かす。

「いま、何刻ですか。母が、長屋で待ってるんです」

「さあ、夜更けの八ツくれえかな。おめえさんを預かってることは、寛助のねぐらに脅し文を投げ入れてきたし、おっ母さんにも報《しら》せがいってるだろうよ」

淡々とした口調で、矢惣次が応じる。

「寛助さんが、何をしたっていうんです。矢惣次さんは、一緒に働いたことのある仲間でしょう」

「ふん、仲間か……」

矢惣次が鼻で嗤《わら》って、顎をしゃくる。なずなの口に、ふたたび手拭いが当てられた。

「ちっと黴臭《かびくせ》えが、今夜はそこで辛抱してくんな。おめえさんのことは、こいつらが見張ってる。おとなしくしてりゃ、酷《ひど》い目にはあわねえ」

ぴしゃりと、襖が閉まった。

目の前が暗闇に閉ざされる。なずなは嘆息した。

矢惣次の口ぶりでは、何やら寛助が関わっているようだが、どうしてこんなことになるのだろう。

長者町の長屋に帰った寛助は、脅し文に気づいてともえに引き返し、お蔦と福井町へ向かったはずだ。いまごろ大人たちがどんなに気を揉んでいるかと思うと、なずなは咽喉の奥が詰まるようだった。

襖の向こうでは、矢惣次たちのやりとりが続いている。

「おれだって、ずいぶんと苦労をして、やっといまの働き口にありついたんだ。滅多なことでは、手放したくねえ」

「兄ィ、そうはいっても、かどわかしはれっきとしたご法度ですぜ。もし、寛助がお上に訴え出たりしたら……」

「断じて、それはねえ」

矢惣次の声が、鋭くさえぎった。

「そういや、兄ィがいってなすったね。寛助は前に、急度《きつと》叱《しか》りの沙汰《さた》を受けてるんだった。金輪際、お上には近寄りたくねえだろうな」

「あいつに裏切られたせいで、おれは江戸払いをくらったんだ。怨《うら》んでも怨みきれねえ」

我知らず、なずなは息を飲んだ。

「けど兄ィ、ここに寛助が乗り込んでくるんじゃ……」

「それについても心配無用だ。箕輪のお屋敷につとめているとしか、店では話してねえからな」

「そうか。箕輪にはここを入れて、幾つもお屋敷があるものなあ」

「とどのつまり、明日の夜五ツ、寛助は金を持って受け渡し場所に来るよりほかねえんだ」

矢惣次がきっぱりといい切る。

誰かが咳払《せきばら》いをしたようだ。

「ところで兄ィ、約束通り、あっしらにも分け前はあるんだろうね」

「むろんだ」

「身代金は、いかほどで」

「十両」

襖の向こうが、しばし沈黙した。

「あっしらの取り分が三両ずつ、兄ィが四両という寸法ですかい」

「いくら何でも、そいつはちっと少なかありやせんか。娘をさらってきたのは、あっしらなんですぜ」

不平そうな声が、口々に洩れる。

「ひとり五両ずつならどうだ」

「へ？」

「いったただろ。おれの目当ては金じゃねえ。寛助のもがき苦しむさまが見てえんだ。小ぎれいな居酒屋の板場にのうのうとおさまって、金回りのよさそうな旦那《だんな》衆や、身分の高そうな武家を常得意にしてやがる。おれは、あいつを許さねえ」

矢惣次の声には、憎しみが滲《にじ》んでいた。

「身代金は、おまえらにまるまるくれてやる。それでも、文句があるか」

「い、いや」

「だったら、明日の夜まで娘をしっかり見張ってろ。くれぐれもいうが、手は出すなよ。下手なことをして寛助を逆上させると、それこそお上に訴え出ねえとも限らねえ」

「わかってら。あんなおぼこより、あっしはもっと脂の乗ったのが……。ひひひ」

男たちの下卑た笑いも、なずなの耳には入ってこなかった。急度叱りという言葉が、頭をぐるぐる駆けまわっている。

気がつくと、鳥のさえずりが響いていた。

顔を上げると、部屋がほの白んでいる。いつしか眠り込んでいたらしい。

暗い中ではわからなかったが、なずながいるのは三畳ほどの蒲団《ふとん》部屋のようだった。

朝五ツの鐘が聞こえてしばらくたった頃、目の前の襖が、すっと開いた。

「起きてるか。遅くなったが、飯だ」

矢惣次だった。握り飯と味噌汁が載せられた盆をなずなの前に置くと、矢惣次は意外にもなずなの身動きを封じている手拭いや紐《ひも》をはずしてくれた。

「あの、母が案じていると思うんです。母は身体が弱くて、このあいだも……」

「黙って食え」

じろりと睨まれる。昨夜の話を聞いたせいか、吊り上がり気味の目が剣呑な光を宿して見える。

なずなは従うよりなかった。このまま、夜まで辛抱しなくてはならないのである。

それにしても、十両などという大金を、寛助は工面できるのだろうか。矢惣次はあいったが、梅川屋や早野さまにしたところで、ともえでの勘定は三百文から四百文くらいがせいぜいだし、ひと口に十両といわれても、なずなにはさっぱり見当がつかない。

もし、寛助さんが金の受け渡し場所にあらわれなかったら。

なずなは手にした握り飯を盆にもどした。

「何だ、食わねえのか」

「どうも咽喉を通らなくて……」

開いている襖のあいだから、隣部屋が見えた。八畳ほどの広さで畳は入っているが、調度も何もなく、がらんとしている。昨夜は離れたところに人が集まっているようだったのに、いまはそうした気配がすっかり失せていた。

がたっと、遠くのほうで物音がした。わずかに耳を澄ました矢惣次が、いま一度、なずなに向き直る。

「腹が減ってるだろう」

「ええ、でも……」

ばたーんと、こんどはわりと近くでこだまする。

「いったいどうした」

舌打ちをした矢惣次が立ち上がり、隣部屋の廊下に面した障子を引く。

同時に、複数の武士が部屋になだれ込んできた。

「当御下屋敷料理人、矢惣次だな。なずななる娘をかどわかしたのは、おまえか」

隆《りゅう》とした出《い》で立ちの武士に、建物じゅうに響き渡るような大音声で糺《ただ》されて、

「わ、わわわ」

矢惣次があえなく尻もちをついた。

何がなんだかわからぬまま、別の武士に付き添われて外へ出ると、裏門のかたわらに十人ほどの武士が集まっていた。

羽織袴《はかま》を着けた細身の武士が、駆け寄ってくる。

「なずなちゃん、無事でござるか」

そう訊ねたのは、早野さまであった。

# 六

福井町の裏長屋を早野さまが訪ねてきたのは、なずなが助け出されて二日後のことだった。

「なずなちゃんが囚《とら》われておったのは——これはここだけの話にしてもらいたいのだが、石川日向守《いしかわひゅうがのかみ》さまの下屋敷でござった」

と前置きして、早野さまが本題に入る。

「その筋に問い合わせたところ、矢惣次と申す者は、賭場《とば》でいかさまを働いたのが因《もと》で、江戸払いを申し渡された輩《やから》での。さよう、いまから六年ばかり前のことでござる」

「まあ」

なずなの隣にいる母おふみが、口に手を当てた。

六畳一間の住まいに、人品卑しからぬ風貌をした早野さまが坐っているのはいささか場違いな光景ではあったが、当の本人はまるで気にしない様子で話を続けた。

「向島《むこうじま》の貉《むじな》とあだ名される元締めの指図でいかさまが謀られたのだが、内輪で少々、揉めたそうでな。密《ひそ》かにお上へ届け出た者がいて、連中はお縄になった。大方が江戸を追われた中で、急度叱りですんだ男がひとりいたのだが、その男を矢惣次はずっと怨んでおった。意趣返しをたくらみ、なずなちゃんは巻き込まれたのでござる」

早野さまは、ぼかしたいい方をしたが、なずなはお上へ届け出たのが誰なのか心得ていた。

「ですが、江戸を追い払われた人が、何ゆえ箕輪に……」

おふみが顔をしかめる。

「それが、先般の恩赦によって、矢惣次は江戸に舞いもどっておったのだ。かつての伝手《つて》を頼って、石川日向守さまの下屋敷に働き口を得たのでござる」

「そういえば、囚われていたとき、箕輪には武家屋敷が幾つもあると耳にしました。わたしのいたお屋敷が、どうしておわかりになったんですか」

なずなが首をかしげると、

「じつをいうと、箕輪あたりの武家屋敷に不逞《ふてい》の輩どもが出入りし、賭場が開かれているとの噂は、前々からあったのでござる。それがどうも石川日向守さまの下屋敷らしい、ということもな」

早野さまは、言葉を選びながら、

「なずなちゃんがかどわかされた翌朝、梅川屋どのがともえの女将と寛助どのを伴って当家の屋敷を訪ねて参られた折は、いやはや驚いた。しかし、女将と寛助どのから話を聞いて、ぴんときての」

「ああ、そういうわけで……。それにしても、何ゆえ梅川屋さんが」

「女将と寛助どのは、脅し文にあった十両の金を、梅川屋どのに頼んで工面しようとしたのだ。事情を知った梅川屋どのは、それがしに相談してみてはとふたりに勧めたのでござる」

「わたしの知らないところで、そんなことが……」

「当家のあるじとも話し合った上、ただちにそれがしが石川日向守さまのお屋敷へ赴いての。先方のご重役は事の次第をお聞きになると、すみやかに下屋敷へご家臣を差し向けてくださった。とにかく、なずなちゃんに大事がなくて、なによりでござった」

早野さまの目許が、ふっと弛む。

「まことに、何とお礼を申し上げればよいのか。ありがとう存じます」

おふみが手をついて、深く頭を下げる。なずなも母に倣った。

おふみは顔を上げると、いささか気遣わしそうに訊ねた。

「それで、この後、矢惣次という人はどうなるのですか」

「昨日、ふたたびご重役と面会したが、こたびの件は石川家の内々で片が付くことでござる。石川家では矢惣次を国許へ送り、牢《ろう》に入れると仰せになった。もう二度と、矢惣次は江戸に出てこられまい」

　早野さまの言葉を聞いて、なずなはほっとした。同時に、石川家のご重役に会って話を取りまとめることのできる早野さまとは、いったいどういう方なのかと思う。それに、早野さまがお仕えするお屋敷を、どうして梅川屋七兵衛が知っているのかということも。

　だが、それを訊ねるのは控えた。早野さまも梅川屋も、ともえの大切な常連客だ。お客のことに、首を突っ込んではいけない。

　なずながともえに復したのは、その三日後であった。つまり、五日ほども休んだことになる。

　長屋で昼餉をすませ、前垂れと襷が入った風呂敷《ふろしき》包みを手に提げると、ふだん通りの暮らしがもどってきた心持ちがした。

「じゃ、行ってきます」

「はいよ。気をつけて行っといで」

　ふだんと違うのは、これからは店を仕舞う頃合いに、おふみがなずなを迎えにくると決めたことだった。

「おっ母さん、本当に平気なの」

　戸口で振り返ったなずなに、

「おまえを迎えに行くと思うと、気持ちに張り合いが出てきてね。寝付いてはいられないよ」

おふみの口許がほころんだ。

父の乗る船が難破してからこっち、身体の調子を崩すようになった母だが、本来はほがらかで、芯《しん》の強い人なのだ。

曇りのない母の笑顔を久しぶりに見た気がして、なずなは鼻の奥が痛くなった。

七

「ご心配をお掛けしました。今日からまた、お世話になります」

なずながともえに入っていくと、小上がりの卓を布巾で拭いていたお蔦が土間に下りてきた。

「もう少し、休んでいいんだよ。まだ、気持ちが落ち着かないだろう」

「じゅうぶん、休みました。それに、わたしが働かないと、うちは食べていけないもの」

「なずなちゃんッ」

板場から寛助が飛び出してきて、これより上はないくらいに腰を折る。

「すまねえ。おれのせいで、とんだ怖い思いをさせちまった」

「そんな、寛助さん。顔を上げてください。わたし、何ともなかったんですよ」

しかし、寛助は頭を下げたきりだ。

何と言葉を掛けたらよいのか、なずなにはわからなかった。

かつて向島の料理茶屋につとめていた寛助には、同じ店の板前仲間、矢惣次に誘われて、博奕《ばくち》にのめり込んだ時期があったのである。賭場でのいざこざのあと、店をくびになった。そんな寛助を案じて、お蔦がともえに雇い入れたのだ。

そのことを、なずなは母から聞いた。脅し文を受け取った寛助がお蔦と長屋へ報せにきた折、当人が語ったのだった。ただ、いざこざの中身までは、そのときは詳しく話していない。

目の前の寛助に、後ろ暗い過去があったなんて、いまでもなずなは信じられない。それくらい、寛助は極めてまっとうにともえの板前をつとめているのである。できればこのまま穏便に過ごしたかっただろうに、こんなかたちで明るみに出て、寛助の胸の内を思うと、なずなはどうにもやるせなかった。

寛助が、頭を低くしたまま、お蔦に向き直る。

「女将さん、やっぱりおれ、ともえを辞めさせてくれねえか。みんなに厄介をかけて、どうにも申し訳が立たねえ」

「寛助さん、何べんもいってるだろ。悪いのは、あの矢惣次って男だ。おまえさんは、堂々としてりゃいいんだよ」

ごめんください、と表口で声がした。

お蔦が首をめぐらせる。

「あら……、梅川屋さん」

「仕込み中に、すまないね。ちょいと、いいかい」

手招きされて、お蔦が戸口を出ていく。

二言、三言、やりとりする声が聞こえて、店にもどってきたお蔦は、大ぶりの手桶を両手で提げていた。

土間に下ろされた手桶をのぞき込んで、なずなは思わず声を上げる。

「まあ、魚がこんなに」

二寸から四寸ばかりの小魚が、ざっと三十四は入っていた。

「大川《おおかわ》へ釣りに行ったお知り合いが、おすそ分けしてくだすったんですって。梅川屋で食べるぶんを差し引いても余るから、ともえでどうぞと……。今夜、出直してきてくださるそうだ。なずなとも、そのときにって」

「これはオボコか、せいぜいスバシリってとこだな。このところの暖かさで、群れになって川を遡ってきたんだろう」

いささか硬い表情で、寛助が手桶に目を向ける。

「オボコかスバシリってことは、大きくなったらボラになるんですか」

なずなに横顔を向けたまま、寛助が顎を引く。

お蔦が短く息をついた。

「ねえ、寛助さん。オボコとかスバシリみたいに、人も生きる場所やつき合う相手を違えながら、世の中を一段ずつ上っていくんじゃないかしら」

寛助が顔を上げ、いぶかしそうにお蔦を見る。

「ここにいる寛助さんは、向島の料理茶屋につとめていた時分の寛助さんとは違う。いまじゃすっかり、ともえに根を張ってるんだ。おまえさんが歯を食いしばってここまで這《は》い上がってきたのを、あたしはこの目で見て知ってるよ」

「あの、寛助さん。先に、梅川屋さんが、肥やしの話をなすっていたんです。肥やしで土が豊かになると、作物が根から滋養を吸い上げて、花や実をたくさんつけるようになるんだそうです。ええと、うまくいえないんですけど」

なずなはわずかに思案する。

「いまの寛助さんには、お蔦さんやともえのお客さんが、肥やしになってるんじゃないでしょうか。わたしがどうなのかは、心許ないけど……」

口にしながら、矢惣次は肥やしに恵まれなかったのかもしれない、と思う。

寛助の洟《はな》をすすり上げる音が、土間にこだました。

「なずなちゃんは、まぎれもねえ、滋養のふんだんに詰まった肥やしだ」

ぽん、とお蔦が手を叩く。

「じゃ、この話はおしまい。これだけの魚、とっとと仕込まないと、店を開けるのに間に合わなくなっちまう」

寛助が、手桶の柄に手を伸ばす。

「生姜《しょうが》をきかせて、唐揚げにしてみようか」

それでも、洟をぐすぐすさせている。

袖《そで》に襷を掛けながら、なずなはふと思い当たった。

「それはそうと、わたしまだ、オボコの意味を聞いてないんですけど」

小上がりに向かったお蔦が振り返る。

「そんなの、いずれわかるときがくるさ」

いつもながらの、素っ気ない口ぶりだ。

板場に立つ寛助の顔が、泣き笑いにゆがんでいた。

# ふるさと

一

桜の花が散り、若葉のまぶしい季節となった。

その日は雲ひとつない晴天で、朝からぐんぐん暖かくなったが、正午をまわるとにわかに風が強く吹き始めた。

折しも長屋を出ようとしていたなずなは、腰高障子を引いた途端に路地のどぶ板が宙に巻き上げられるのを見て、とっさに戸を閉める。

「おっ母《か》さん、どぶ板が」

部屋に向かって投げる己れの声も、ごうっという音に掻《か》き消される。

六畳一間の中ほどに、母おふみと身を寄せ合って、嵐が通り過ぎるのを待つ。表では桶《おけ》らしきものが転がっていく音や、女の悲鳴が上がっている。

どのくらい時が経っただろう。

風が熄《や》み、土間に下りたなずなが戸口から首を出すと、路地はふだんと様子が一変していた。どぶがすっかり露《あら》わになり、どこから飛ばされてきたのか、柳の細い枝が散乱している。

「つむじ風が吹いたようだね」

なずなの後ろに立ったおふみが、眉間《みけん》に皺《しわ》を寄せた。

空は何もなかったように青く広がり、芽吹いたばかりの柳の枝に陽の光が射しかけているのが、かえって無残である。

「ともえが、何でもないといいけれど……。ともかく、行ってみます」

「気をつけて行っておいで」

母に見送られて、なずなは長屋を出た。

神田川沿いの通りでは、軒を連ねている商家から人が出て、往来に転がった空き樽《だる》を端へ寄せたり、散らばっている木々の枝葉を箒《ほうき》で掃き集めたりしている。

角を折れると、お蔦と寛助が外に出て、ともえの屋根を見上げていた。

「おう、なずなちゃん、さっきはもの凄《すご》い風だったな」

寛助がなずなに気づいて振り向き、お蔦も首《こうべ》をめぐらせる。

「おまえ、長屋は大丈夫だったかい」

「路地のどぶ板が無くなったけど、そのくらいで、たいしたことありません」

なずなが応《こた》えると、お蔦はわずかにうなずいて顔をもどす。どうもお蔦たちが見ているのは建家の側面、狭い空地に面したほうのようだ。

空地へ回り込んだなずなは、「あっ」と声を上げた。

雨樋《あまどい》の継ぎ手が壊れ、軒下へ渡された横樋が外れて宙ぶらりんになっている。空地には、どこかの店のものらしい看板が落ちていた。風に飛ばされてきたのが、雨樋の継ぎ手にぶつかったとみえる。

「横樋が下に落ちてくると剣呑《けんのん》だ。いずれにせよ、あれだけは先に取り外したほうがいいな」

指を差した寛助に、お蔦が眉《まゆ》をひそめる。

「高い場所だよ。届くかい」

「酒の空き樽に乗れば……。ちょいと、取ってくるよ」

寛助が店の裏手へ引っ込み、お蔦が空地に入っていく。看板を拾い上げようとするが、なかなか持ち上がらない。

なずなも駆け寄って手を添えた。畳半畳よりいくぶん小さめとはいえ、厚みが二寸ほどある杉板で、長方形の短い辺の片側に、金具が取り付けられている。ともえでは出入り口に掛かった暖簾《のれん》が看板の役目を果たしているが、これは店の軒先に吊《つ》り下げてあったようだ。

なずなとお蔦がふたり掛かりで、杉板を抱え上げる。

「見た目より、ずっしりしてますね」

「こんなのがぶつかってきたら、雨樋も壊れるわけだ」

「どこのお店から飛んできたんでしょう」

板の表面に文字が大書されているが、

「これ、漢字ですよね。わたし、いろはしか読めなくて」

「あたしもだよ」

ふたりは杉板を店に運び入れると、ひとまず板場の隅に立て掛けた。

「仕込み中の鍋《なべ》には蓋《ふた》を被《かぶ》せたが、卓が埃《ほこり》っぽくなっちまった。拭《ふ》いてもらえるかい」

「はいッ」

素早く襷掛《たすきが》けをして、なずなは布巾《ふきん》を手にした。

寛助が雨樋を取り外している音が、壁越しに聞こえてくる。

そんなこともあって、ともえは昼間の出前と煮売りを休んだものの、暮れ六ツになるとふだん通りに店を開けた。だが、その日は客の顔ぶれが、いつもとはいくぶん異なっていた。

「私たち、明神下の宿屋に泊まってるんですけどね。飯炊きをやってるお婆さんが、昼すぎの風にあおられて転んだ拍子に、腕を痛めたんですって。夕餉《ゆうげ》の支度ができないから、今夜はどこかで食べてきてくれって、宿屋のご主人が」

「そんなこと、いきなりいわれてもねえ。上州《じょうしゅう》から出てきて、この辺に何があるかなんて知らないもの。そういったら、この店を薦められて」

「まあ」

「へえ」

「ああ、お腹すいた。何か、美味《おい》しいものあるかしら」

なずなが相づちを打つのをよそに、三人がほとんど同時に喋《しゃべ》りかけてくる。

小上がりに陣取っているのは、ともえでは珍しい女の客であった。出前を頼んだり、お菜を買いにきてくれることはあっても、店で呑《の》んだり食べたりする女の客は、それほどいない。

三人はいずれも四十そこそこ、どこぞの商家の女房といった風体である。初めて入った店でも物怖《ものお》じするふうもなく、なずなが少しばかり気圧《けお》されていると、

「鰹《かつお》の刺身は、どうですかい。この時季は、さっぱりした味わいですよ」

板場から、寛助の声が飛んでくる。

女房たちが額を寄せ合い、

「鰹ですって。上州では、なかなか食べられないわよ」

「でも、いい値がするんでしょ。一本が三両するって聞いたことがあるもの」

「えっ、そんなに」

「初鰹じゃねえですし、三両もしませんよ」

ふたたび声が返ってきて、そういうことならと、女房たちが鰹を注文する。そのまま内輪の話が始まって、なずなは声を掛けそびれた。

「どうも、おいでなさいまし。お酒はどういたしましょうか」

なずなの横に、お蔦がすっと立つ。

「わあ。きれいな女将《おかみ》さんねえ」

三人がお蔦のほうを向き、美貌《びぼう》を口々に褒めそやしたあと、中汲《なかぐみ》を二合半《こなから》、ぬる燗《かん》にしてくれと頼む。

なずなは小上がりを離れ、酒の支度にかかった。

床几《しょうぎ》は半分ほどが客で埋まっていたが、常連客のほかに、女房たちと同じ宿に泊まっているらしい人たちも何組か交じっている。

酒の燗がつくと、なずなはちろりと鰹の刺身を小上がりへ運んだ。

「お待ちどおさま」

酒の注がれた猪口《ちょこ》に口をつけてから、女房たちが箸《はし》を手にする。角皿に三人前が盛り付けられた鰹の刺身の、深い赤が艶《つや》を放っていた。江戸ッ子の好みに合わせて、ともえでは芥子《からし》酢を添えてある。

「歯応えといい、舌ざわりといい、何ともいえないね。芥子酢も、よく合ってる」

三人の中でも貫禄《かんろく》ある体格をした女房が、ひと切れ食べて目を細めた。

「上州のどちらからいらしたんですか」

なずなの問いに応じたのは小柄な女房で、

「高崎《たかさき》ですよ。高崎藩八万二千石のご城下で、中山道《なかせんどう》の宿場にもなっておりましてね。五と十のつく日には絹市や太物市が立って、それはもう、たいそうな賑《にぎ》わいで」

近郷の村では養蚕が盛んなこともあり、絹はとくに高崎絹と呼ばれ、着物の裏地として珍重されているという。

「へえ」

「この人の家は呉服屋、ここは糸屋、私のところは太物屋を営んでいるんです。ええ、三軒が並んでおりまして……。いずれの亭主も商いで江戸と行き来があるんですけど、女房は家にこもりっきり。子供たちも手を離れたし、女どうしで江戸見物に行かせてくれと亭主に談判しましたの」

「そうなんですか。楽しんでいらしてくださいね」

「おまえさん、齢《とし》は幾つだえ」

板場へ下がろうとするなずなに、鶴のように首の長い女房が訊《たず》ねかける。

「十五ですけど……」

「桃の節句には、雛《ひな》飾りをしたのかえ」

三人いっぺんに喋りかけてきたり、話がぽんと飛んだりするのは、女の客だからなのだろうか。

「うちは長屋住まいですし、立雛を」

立雛は紙雛とも呼ばれ、立ち姿のお雛様が紙でこしらえた衣装をまとっている。なずながわずかに戸惑いながら応えると、

「ご城下で、年明けにちょっとした騒ぎがあったんですよ。お雛様が頭に載せている冠の修繕をするといって、とんでもないことが」

鶴首の女房はなずなの雛飾りに関心があったのではなく、自分の話に入る前置きをしただけのようだった。

裕福な商家などでは、坐《すわ》り雛を飾るのがたいていだ。衣装に金襴《きんらん》などの豪華な生地を用い、綿が厚く入れられている。四段ほどの雛段に赤い毛氈《もうせん》を敷き、五人囃子《ばやし》や雛道具を並べる家もあった。

「このごろは、一体の大きさが一尺を超すようなお雛様もあるそうですね。衣装もきらびやかだし、頭に載せる冠も、たいそう手が込んでいるとか」

「おや、おまえさん、長屋住まいのわりに、よくご存じだこと」

鶴首の女房が、眉を持ち上げてなずなを見る。

「亡くなった祖父が、錺《かざり》職人をしてたんです。ふだんこしらえるのは、女の人が髪に

挿す簪《かんざし》だったんですが、時季になると、お雛様の冠の注文も入ったみたいで……」

なずなも見せてもらったことがあるが、たかが人形の身に着けるものといって、ばかにはできない。金銀で細工された冠には、花や鳥といった意匠があしらわれ、珊瑚《さんご》や硝子《ガラス》玉がふんだんに施されていた。

「それはそうと、お雛様の冠が、どうかしたんですか」

女房たちの猪口が空になっている。なずなは卓の上のちろりを持ち上げ、ひとりずつ酒を注ぎ足す。

「お雛様って、日ごろは箱にしまってあって、そうそう手入れするものではないでしょう。どうしても、冠の金銀が曇ったり、細工の継ぎ目が取れたりするんですよ。親が見ていないところで、子供が触ったりしますし」

「それを手入れして差し上げますって人が、昨年の秋、ご城下に現れましてね。渡りの錺職人だそうで、ところどころの宿場で手入れを請け負いながら、中山道を旅しているといってましたよ。泊まっている宿屋の一角を借りて、道具は自前で持ち歩いて」

「で、その人に手入れを頼んだ家が、お雛様を飾る時季になって箱から取り出したところ、冠が元のものと違っていることに気がついたそうで……」

三人の声が、また重なる。おそらく女房たちは、こたびの道中で行き会った人々に、幾度となくこの話を披露しているに相違ない。なずなにそう思わせるくらい、流暢《りゅうちょう》な筋運びだった。

「元の冠は、どうなったんですか」

「偽物と、すり替えられたんですよ。めっきが剝《は》がれていて、わかったらしくて」

「まあ」

なずなは口を手で押さえる。

「どこの家でも、偽物と気づいたときには、もう錺職人はご城下からいなくなっていて……。たぶん、泣き寝入りなんじゃないかしら」

いつもならそれとなく近づいてきて、なずなを板場へ下がらせようとするお蔦が、今夜に限ってはお構いなしであった。時折、こちらに目を向けるものの、さりげなく見守っている感じだ。店がさほど混んでいないのもあるが、三人の女房たちがともえの常連客ではなく、なずながお喋りの相手を務めたところで深入りすることもないと心得ているのかもしれない。

「世の中には、親切そうな顔で近づいてきて、平気で人を騙《だま》す輩《やから》がいるんですよ。おまえさんも、用心なさいな」

なずなにいい聞かせるような口調でいうと、女房たちは筍《たけのこ》の木の芽和《あ》えとわかめのさっと煮を追加で頼み、残っている鰹の刺身を茶漬けにして夕餉を締め括《くく》った。

客たちが帰っていき、なずなが表の暖簾を店に入れていると、洗い終えた皿を布巾で拭いていたお蔦が板場の奥へ目をやった。

「あの看板、鍋町《なべちょう》の佃煮《つくだに》屋のだって。漢字のわかるお客に読んでもらったんだ」

「へえ、神田川の向こうから飛んできたんですね」

鍋町かあ、と寛助がつぶやいて、

「明日、おれが仕入れの帰りに寄ってみるよ」

二

あくる日、なずなが長屋を出てともえに行くと、前日と同じようにお蔦が店の外で雨樋を見上げていた。ただし、お蔦の横にいる男は、寛助ではない。齢のころは四十くらい、やや上背があって、着物に羽織を着けている。商家の主人か番頭のような身なりであった。

足の止まったなずなを、ふたりが振り向く。お蔦の顔に、これまで見たことのないような笑みが浮かんでいた。

どういうわけかどぎまぎして、なずなはひょこりと頭を下げると店に駆け込んだ。

板場では、寛助が葱《ねぎ》を刻んでいる。

「寛助さん、表にいる男の人って、どなたですか」

「さあな」

顔を下に向けたまま、のそりと寛助が応える。

しばらくして、お蔦がもどってきた。ひとりである。

「いまのは、古い知り合いでね」

誰にいうともなく口にすると、板場の手前に置いてあった新牛蒡《ごぼう》の束を抱えて、

「井戸端で、泥を落としてくる」

そそくさと裏口から出ていった。

寛助は黙って手を動かしている。何となくぎくしゃくしているのを感じながら、なずなは手を洗おうと板場に入る。

「あ、看板がなくなってる」

「昼前に鍋町の佃煮屋がきて、引き取っていったよ」

寛助が顔を上げて、

「知らせてくれた礼にと、店で売ってる浅蜊《あさり》の佃煮をくだすったんだ。さっき味見をしたら、ともえで出す酒と合わせるには、いささか濃い味付けでね。卵焼きにしてみたんだが、ちょいと食べてみるかい」

佃煮を中ほどにして、周りを卵でくるんだ卵焼きが、大皿に盛り付けられている。

目にするだけで心が浮き立つような黄色だ。

「もちろん、いただきます」

寛助に差し出された箸を受け取って、ひと切れつまむ。

外側の卵はまだほんのりと温かく、柔らかな生地がほどけたあとに、浅蜊のぷりっとした歯触りと醬油《しょうゆ》の香りが口を満たす。日ごろ食べ慣れている佃煮と比べると、味も色も濃いが、それを卵がまろやかに包み込んでいた。

「寛助さん、さすがです。お酒に合うかはわかりませんけど、ご飯がうんとすすみそう」

しぜんに笑顔となったなずなを見て、寛助の目許《めもと》がようやく弛《ゆる》んだ。

その夜、ともえに梅川屋七兵衛が姿を見せた。なずなも顔馴《な》染《じ》みとなった連れのふたりと、床几に上がる。

なずなが酒の入ったちろりを持っていくと、

「近いうちにまた、水戸へ行くんですよ。これから忙しくなりそうですよ」

ささがきにした新牛蒡を油で揚げたのに、塩をひとつまみ振ったのを口へ運びながら、梅川屋がいう。

「先だっての、肥やしの話ですか」

水油問屋を営む梅川屋は、油粕《あぶらかす》を肥やしとして、水府煙草の産地に売り込もうと算段していた。連れのふたりも乗り気になっていて、ともえであれこれと談じ合っているのを、なずなも心得ている。

「そう、それもあるが……」

口に酒を含んだ梅川屋が、連れの男たちと低くやりとりすると、

「この折に、きちんと話しておきましょう。早野さまも、ご承知くださっておりますし。ちょいと、女将と寛助さんも聞いてくれるかね」

そういって、板場のほうへ声を掛けた。

客の出足が鈍い日もあるもので、床几には梅川屋の一行がいるきりだった。小上がりに一組、商人客が入っているものの、大事な用談をするので自分たちが呼ぶほかは構わないでくれと、あらかじめいいつかっている。

棚の器を整理していたお蔦が、土間へまわり込んできた。竈《かまど》の火加減をたしかめて、寛助も後に続く。

どうしてここに早野さまの名が出てくるのかと、なずなは少々いぶかしく思う。

「油粕をどのようにして水戸まで運ぶか、手前どもはずっと頭を悩ませていたのですが……」

梅川屋が皿小鉢の載った折敷《おしき》を脇へずらし、懐から紙を取り出して広げる。

江戸と水戸を結ぶ川や街道が描き入れてあるその絵図には、なずなも見覚えがあっ

た。

「ええとたしか、江戸川を舟で遡《さかのぼ》って、途中から陸路をとるのが順当なのだけれど、馬を雇うと高くつくと話しておいででしたよね」

　床几の端に膝《ひざ》をつき、絵図に引かれている曲線と直線を指先でなぞる。そのことで早野さまに相談に乗ってもらうと梅川屋がいうのは耳にしたものの、なずなはその後、男たちにかどわかされるという災難に巻き込まれ、話の行く末がどうなったのかは知らなかった。

「早野さまが、江戸川沿いを牛耳っている舟問屋に引き合わせてくださったんです。油粕の運賃については、どうにか見通しがつきました」

「案じ事が、ひとつ片付いたんですね」

　なずなが応じると、

「舟問屋に引き合わせてくださるかわりにと、こんどは手前どもが早野さまから相談を持ち掛けられましてね」

「あら、どんな」

　梅川屋が少しばかり思案して、

「そもそもは、江戸前から印旛沼、利根川へと通じる水路でもあればと、手前どもが早野さまに申し上げたことにあるのです。というのも、まさにお上でそうした掘割をつくる計画が持ち上がっているそうで……。早野さまはご主君の命によって、計画を実現させるべく奔走なさっているのですよ」

いったん言葉を切り、酒で口を湿らすと、

「何はともあれ、先立つものがなくては計画を推し進めることができません。むろん、お上から金は出るが、それだけで賄えるものではない。町人たちに出資を募っているところで、手前どもにも力になってもらえないかと、そういうご用向きでした」

お蔦と寛助は、神妙な面持ちで話を聞いている。

なずなはおずおずと口を開く。

「梅川屋さん、ひとつお訊《き》きしたいことがあるんですけど……。早野さまが仕えておられるのは、どちらのお殿さまなんですか」

梅川屋が猪口を下に置き、居住まいを正した。

「遠江国《とおとうみのくに》相良《さがら》藩藩主、田沼主殿頭《とのものかみ》さまにあらせられます」

「田沼さまって……。じゃあ、あのときわたしを助けてくださったのは、幕府のご老中で……」

なずなは頭がくらくらした。己れがかどわかされた折、お蔦と寛助が梅川屋を通じて早野さまを頼ったことはわきまえているが、その主君についてはふたりに幾たび訊ねても、はぐらかされていたのだ。

「田沼さまの名を持ち出すと、なずなちゃんやおふみさんが恐れ入っちまうんじゃねえかと、早野さまが気に掛けておられたんだ。そんなわけで、真実《ほんとう》のことをいえなくてね」

　寛助が決まり悪そうな顔になる。お蔦も肩をすくめて、

「どうも話が横道に逸《そ》れたようで……。それで、梅川屋さんたちはどうなさるんですか」

「微力ではありますが、幾らか納めさせていただくことにしました。すでにお役人が実地に赴き、沼の広さや土地の高低などを詳細に見分なさっているそうです」

　梅川屋は絵図に目をもどすと、計画のあらましを語った。印旛沼の西端にある平戸《ひらと》橋から、江戸前に面した検見川《けみがわ》海まで、およそ四里十六町の掘割をつくるのだという。

「はあ、四里も……。掘割が出来上がるのは、いつごろなんでしょう」

　なずなが目をまたたかせると、

「まず、五、六年はかかるかと。場合によっては、いま少し先になるかもしれません」

「まあ、そんなに。梅川屋さんが、出来上がった掘割で油粕を運べるようになるのがいつになるか、見通しがつかないじゃありませんか」

「それでも金を出すだけの値打ちが、この計画にはあると思ったのですよ。舟運の便

が開けるのはむろんだが、大雨が降ったときには掘割で水を江戸前へ落とすことができる。干拓した土地に、新田をおこすことも見込めます。田沼さまが描いておられる壮大な構想に、手前は深い感銘を受けたのです」

「我々も、梅川屋さんと同感でしてね」

「いま、商売仲間にも声を掛けているところです」

梅川屋の連れのふたりが、そういって目を見交わす。

いつだったか梅川屋が、自分の儲《もう》けは二の次にしても世間の役に立つことをしたいといっていたのを、なずなは思い出した。梅川屋にしてみれば、いよいよその機が巡ってきたということだろう。

「田沼さまが、そんな大きなことをお考えになっているとは……」

「いやあ、てえしたもんだ」

お蔦と寛助からも、感嘆の声が洩《も》れる。

「それはそうとして」

梅川屋がひと息つくと、

「表の雨樋を早いとこ直さないと、何かと困るのではありませんか。うちに出入りしている大工に頼んでも構わないが、つむじ風の被害はあちらこちらで出ているようだし、すぐに取り掛かってくれるかどうか……」

絵図をたたんで懐にしまいながら、顔をしかめる。

「それについては、御案じなく。ちゃんと心当たりもございますし」

余裕たっぷりに、お蔦が胸許をとんと叩《たた》いた。

三

「女将さんはああいってたけど、誰が雨樋を直してくれるのかしら」

なずなが板場越しに訊ねかけると、

「はて」

寛助も見当がつかないらしく、思案顔になった。

昼下がりのともえで、なずなは床几に腰掛けて煙草盆の手入れをし、寛助は庖丁《ほうちょう》を砥石《といし》に当てていた。

つむじ風が吹いて、かれこれ五日になる。晴天が続いているおかげで、いまのところ差し支えはないが、そのうちかならず雨は降る。遅くとも梅雨に入るまでに直しておかないと、雨水が周囲に飛び散って、近隣にも迷惑をかけてしまう。

「ごめんください」

表口で声がした。

「はい、ただいま」

煙草盆をおいて出ていくと、男がひとり立っていた。どことなく品の漂う、整った目鼻立ちをしている。このあいだの人だ、となずなはひと目で見て取った。

「あの、お蔦さんはおいでになりますか」

男がわずかに腰をかがめる。

「女将さんは、幾つか用を足しに出てまして……。中でお待ちになりますか」

「ああ、いえ。そうですか、用足しに」

男はしばし思案したのち、

「お蔦さんから、何か聞いておられませんか。手前は……」

「あら、幸兵衛《こうべえ》さん。ごめんなさい、ちょいと外をまわっていたものですから」

お蔦の声が、男の言葉に被さった。

「親方にもわざわざお運びいただいて、恐れ入ります。ええ、そっち側なんです。見ていただけますか」

お蔦は口を動かしながら店の前を横切り、空地のほうへまわり込む。ほんの少し目の合ったなずなに、おまえは引っ込んでいろとでもいうふうに、顎《あご》をくいっとしゃくった。

幸兵衛と呼ばれた男が前を塞《ふさ》いでいて気づかなかったが、戸口から離れたところにいまひとり男がいた。そちらは五十がらみ、腹掛けに股引《ももひ》き、半纏《はんてん》を着て道具箱を担いだ大工職人で、幸兵衛とともにお蔦の後を従《つ》いていく。

三人は屋根を見上げて、言葉を交わし始めた。

板場を振り返ると、寛助がじっと戸口を窺《うかが》っている。

なずなは床几にもどった。

「あの幸兵衛って人が連れてきた大工さんが、雨樋を直してくれるみたい。お蔦さんの心当たりって、このことだったんですね」

「そのようだな」

返ってくる声が、いささか素っ気ない。

「古い知り合いだといってたけど、寛助さん、あの人のこと、まことにご存じないんですか。お蔦さんとは幼馴染みなんでしょう」

寛助はすぐには応えず、庖丁を研ぎ終えてから口を開いた。

「おれとお蔦さんは、どちらも父親が江戸前の漁師で、十軒町《じっけんちょう》に住んでたんだ。家族どうしで行き来していたから、五つほど齢下のお蔦さんのことも知ってたよ。だが、おれは板前の修業をするために、十五のとき家を出て向島へ移った。どうにか一人前になった頃には、お蔦さんは嫁にいってたんだ」

「ふうん」

なずなは、お蔦が漁師の娘だとは母から聞いていたが、子供時分に寛助と家族ぐるみのつき合いがあったということは知らなかった。

「狭いとこですけど、寄っていってくださいな。いま、お茶を淹《い》れますから」

ふいに戸口で声が響く。

「そうだ、紹介しておきますね。板前の寛助さんと、手伝いのなずなです」

外から入ってきたお蔦が、後ろにいる男たちにいったあと、

「こちら、大工の蓑松《みのまつ》親方と、材木問屋『山甚《やまじん》』番頭の幸兵衛さん。蓑松親方が雨樋を直してくださるそうだ。幸兵衛さんが、話をつけてくだすってね」

「そいつはどうも」

ぼそりといって、寛助が頭を低くする。なずなも帯の前に手を揃え、腰を折った。

店の中をしげしげと眺めまわした幸兵衛が、板場の手前に並べられている大皿に目を留めた。

「こごみの天ぷらに、独活《うど》とこんにゃくのきんぴらか。それと、こっちは……」

「鰹の角煮。生姜《しょうが》をたっぷり利かせましてね」

すかさず、お蔦が応じる。ふだんとは違う浮き浮きした口ぶりに、なずながあっけにとられていると、

「どれも美味しそうだ。ずいぶんと繁盛してるんだろうな」

「ふふ、おかげさまで」

肩をすくめたお蔦が、蓑松親方を振り向く。

「うちはこういう商売ですし、お昼はこちらでこしらえます。仕事終わりも、一杯やっていただければ」

蓑松が肩に垂らした手拭《てぬぐ》いを取り、恐縮したように身をかがめる。

「女将さん、お気持ちだけでじゅうぶんでさ。昼はともかく、酒を呑むと深川へ帰るのが遅くなっちまいますんで」

「深川だって。毎日通ってくるには、ちっと遠いんじゃ……」

寛助が口を挿《はさ》むと、

「先だってのつむじ風は、川向うではさほど害を被らなかったんです。深川の材木屋としても、何かお役に立てればと」

幸兵衛が物柔らかな口調で応じ、

「深川が火事になって大工が足りねえときは、神田界隈《かいわい》の連中が出張ってくれるんでさ。そこはお互いさまってことで」

蓑松は声に男気をにじませた。

## 四

あくる日から、蓑松が若い職人をひとり連れてやってくるようになった。朝の五ツくらいに作業にかかり、夕方は客を入れる頃合いを慮《おもんぱか》ってか、七ツ半には切り上げる。

初日は山甚の若い衆が材木を運んでくるのに、幸兵衛も付き添っていたそうだが、なずなが店に出たときには帰った後だった。

見積もりでは三日もあれば直せるという話だったのに、蓑松が梯子《はしご》を掛けて上ってみると、樋に用いられている木が芯《しん》から腐っていて、まるまる取り替えることとなった。

十日ほどした頃、なずなが土間を箒で掃いていると、幸兵衛が戸口に顔をのぞかせた。

「どうも。近くまで来たんですが、どのくらい修繕が進んでいるかと思いまして」

「あ、こんにち……」

なずながいい終わらないうちに、

「まあ、お待ちしてたんですよ」

寛助の隣に立って仕込みをしていたお蔦が、いそいそと板場を離れる。当たり前のように、幸兵衛と表へ出ていった。

茫然《ぼうぜん》となっている寛助と目を合わさないようにして、さりげなく外をのぞいたなずなは、さっと首を引っ込めた。

空地では、お蔦が幸兵衛にうなずき返したり、首をかしげたりしている。どういったらいいのか、その姿がなんとも若やいで、生き生きして見えたのだ。先だっての浮かれた口ぶりが、耳によみがえる。

あの幸兵衛さんって人、お蔦さんとどういう間柄なんだろう。

胃のあたりがざわざわして、寛助のほうを振り返るゆとりもない。

その日は、銅壺《どうこ》の前で酒の燗をつけていても、なずなは何となく身が入らなかった。

そろそろ暖簾を仕舞う時分になると、おふみが店に入ってきた。

「こんばんは。本日も娘がお世話になりました」

肩へ渡した襷を抜き取り、なずなも頭を下げる。

「お蔦さん、寛助さん。お疲れさまでした。お先に失礼します」

「おう、お疲れさん。また明日」

「気をつけて帰るんだよ。おふみさんも、ご苦労さま」

夜道をふたり並んで歩きながら、なずなは母に訊ねてみた。

「おっ母さんは、幸兵衛さんて人を知ってるかえ。お蔦さんの古い知り合いで、材木問屋の番頭だそうだけど」

「こうべえ……。さて」

提灯《ちょうちん》を持つおふみが、首を横に振る。

お蔦の亭主、龍平と、なずなの父でおふみの亭主、左馬次は、じつの兄弟である。お蔦と前々から親戚《しんせき》づき合いのあるおふみならひょっとして、と思ったのだ。

当てが外れて、なずなは小さく息をつく。

「ねえ、おっ母さんとお父《と》っつぁんって、どんなふうに知り合ったの」

「何だい、この子は」

おふみはなずなを見返したものの、

「左馬次さんと出会ったのは、私よりもおまえの祖父《じい》さまが先だったんだ」

口調はまんざらでもなさそうだった。

「祖父さまって、錺細工をこしらえてた、あの」

「そうだよ」

なずなは、物静かでやさしかった祖父を思い出した。仕事場を兼ねた住まいが浅草《あさくさ》法福寺《ほうふくじ》門前にあって、なずなも幼い時分には幾度となく遊びに行ったものだ。流行《はやり》病《やまい》に罹《かか》って急逝したのが五年前のこと、祖父の後を追うように、祖母も半年後にあの世へ旅立った。

「祖父さまは、浅草寺《せんそうじ》にお参りするのを日課にしていてね。あるとき、境内の人目につかないところで、仲間にいじめられている子供を見かけたんだ」

暮らし向きの貧しい家の子らしく、みすぼらしい身なりをしていたが、仲間たちがぶったり蹴《け》ったりと、あまりにもひどい。堪《たま》りかねた祖父が意見しようとしたところ、さっと前へ出ていった男がいた。

「友だちをいじめるのは、世の中でいっとう根っこの腐ったやつがすることだ。物陰に隠れて、誰にも見つからねえと思ったかもしれねえが、お天道《てんと》さまはちゃんと見ていなさるんだぞ」

頭ごなしに怒鳴りつけるのではなく、いじめっ子のひとりひとりに実意《じつ》をもって諭すような口調であった。子供たちは、いじめていた子にその場で詫《わ》びを入れた。

男の颯爽《さっそう》とした姿に、祖父は深く感じ入ったという。

「そんなことがあって、しばらく経った頃、祖父さまはお参りの途中で身体の具合を悪くしてね。暑さに当たって、動けなくなっちまったんだ。そうしたら」

どこからか人が駆け寄ってきて、祖父を背中に負ぶってくれた。そのときは気づかなかったが、家まで送ってもらって水を飲み、人心地ついてみると、いつぞや境内で見かけた男だったのである。

「その男の人が、お父っつぁんなの?」

「見上げた男だと、祖父さまがすっかり気に入っちまってねえ。祖父さまが左馬次さんに負ぶわれて家に帰ってきたとき、私は買い物に出ていて居合わせなかったんだけど、後日あらためて引き合わされて、それで夫婦《めおと》に……。左馬次さんは、船が江戸にもどってくるたび、浅草寺へお礼参りに行ってたんだ」

「へえ。自分の親の話なのに、初めて聞くことばっかり」

なずなが肩をすくめると、おふみは小さく笑ったようだった。

「それにしても、おまえ、何だってそんなことを」

「ええと、その、ともえで働いてると、お蔦さんと龍平伯父《おじ》さんの馴《な》れ初めが気になって……。それで、おっ母さんたちはどうだったのかと」

足許でゆらゆらと揺れている提灯のあかりに、なずなは目を落とす。

半分はいった通りで、半分は出まかせである。お蔦が幸兵衛と親しそうに話していた光景が、心に引っ掛かっているせいだ。だが、それを口にすると、おふみが気を揉《も》むのは目に見えている。

「お蔦さんのことは、本人からじかにお聞き」

苦笑まじりにいって、おふみが歩みを止めた。

提灯にふっと息を吹きかけ、あかりを消す。ここまで来れば、通り沿いの家々には灯がともっていて、なずなたちの長屋もすぐそこだ。

「ごらん。菱垣廻船《ひがきかいせん》の水主《かこ》たちが夜中に沖合をはしるときは、あの星を目印にするんだって」

おふみが夜空を見上げた。

「へえ、どれだろう」

頭上を振り仰ぐと、全天に無数の光がちりばめられている。

「あの星とあの星をつなぐと、柄杓《ひしやく》の形ができるだろ。柄杓の口が開いているほうへ、こう、辿《たど》っていくと……」

おふみが指差すほうへ、なずなも目を向ける。

「あ、あれね」

明るさはそれほどでもないが、ちかちかとまたたく星があった。

「ひとつ星といって、いつでも真北に見えるから、あれで船の位置を割り出すそうだ。真っ暗な海の上で、船を港へ導いてくれる心強い星だと、おまえのお父っつぁんがいっていた。夜空を見上げると、家で待ってるなずなと私の顔が、ひとつ星に重なって見えると……」

「おっ母さん……」

「お父っつぁんは、いまもどこかであの星を見上げてる。おっ母さんは、そう信じてるよ」

「ええ、きっと」

祈るような気持ちで、なずなはひとつ星を見つめた。

五

すがすがしい初夏の風に湿り気が混じり、肌にまとわりつくようになると、梅雨に入ったという心持ちがする。

梅川屋七兵衛がともえに姿を見せたのは、雨がしとしとと降る宵であった。

「なずなちゃん、お久しぶりです。昨日、水戸からもどりましてね」

「お達者そうで、何よりです。どうぞお入りください。さ、お連れさまも」

なずなにうながされて、梅川屋と連れのふたりが床几に上がる。どこかへ寄ってきたのか、梅川屋は手に角樽を提げていた。

「毎度、おいでなさいましッ。今夜は少し蒸してますんで、豆鰺《まめあじ》の南蛮漬けはいかがですか。蕗《ふき》と油揚げの煮物、炒《い》り豆腐もございます」

板場から、寛助の声が掛かる。お蔦は小上がりで客の注文を取っていた。

「では、南蛮漬けと、炒り豆腐を。ひと月も江戸を離れると、ともえの味が恋しくてかないませんよ」

「恐れ入りやすッ」

「お酒は、どうなさいますか」

なずなが訊ねると、梅川屋は脇に置いた角樽に手を添えながら、

「折り入ってお願いがあるのですが、この酒を呑むことはできませんか。なんでも、佐原《さわら》にある蔵でこしらえた酒だそうで……」

「へえ、佐原のお酒ですか」

「水戸で呑んだところ気に入りまして、角樽に二升ばかり詰めてもらったのです。江戸にいたこの人たちにも、味わってもらいたくてね」

そういって、連れのふたりへ目をやる。

「むろん、手前どもがいただくのは二合半ほどで構いません。あとは、寛助さんとお蔦さんに召し上がっていただければ……」

「ありがたく頂戴《ちょうだい》いたしやす」

にっと笑って、寛助が頭を下げた。

ぬる燗にしてほしいと頼まれ、なずなは角樽を抱えて板場へ下がる。

ちろりに酒を移し、燗をつけて床几へ運んでいくと、お蔦が梅川屋たちと話していた。

「まあ、まずは一杯」

連れのふたりに猪口を持たせ、梅川屋みずから酌をする。

「やや。剣菱には及ばないが、これはこれでいけますすな」

「地廻《じまわ》りの酒で、この味わいなら上々でしょう」

酒を呑んだ男たちが、うなずき合っている。

「なずなちゃん、こっちもお出ししてくれ」

寛助が声をよこし、なずなは豆鯵の南蛮漬けと炒り豆腐が盛り付けられた器を、梅川屋たちの前に並べた。

南蛮漬けに箸をつけた梅川屋が、お蔦となずなを見る。

「ともかく、梅雨に入る前に雨樋が直ってよかった。大工はどこも引っ張りだこで、うちの周りでも、いまだに間に合わせの手当てでしのいでいるところがあるようだ」

「うちは深川の職人さんを手配りしてもらったんです。材木問屋に知り合いがいるんですけど、その人が親身になってくださって」

お蔦が応じると、

「ふうん、そんな知り合いがいるのかね。それはそうと、さっき外から見たところ、雨樋のほかにも何かやっているふうだったが」

「その知り合いに勧められて、厠《かわや》を建て増しすることにしましてね。この際、いろいともえにはこれまで廁がなく、客もなずなたちも、店のすぐ裏手にある長屋のものを使わせてもらっていた。

「ふむ、店に廁があるのは助かるね。なずなちゃんも、そうだろう」

「ええ、まあ」

なずなはあいまいにうなずく。

店を開ける前に、そのことで寛助とも話したのだ。用を足すたびに外へ出なくていいのはありがたいものの、いまが困っているかというとそうでもない、ということでふたりの考えは一致した。

寛助は寛助で思うところがあるとみえ、「このひと月ばかり、仕込みのあいだじゅう金槌《かなづち》の音がしてるだろ。家に帰っても、トントンと聞こえる気がして、頭がどうかなっちまいそうだ」と、げんなりしていた。

もうひとつ、なずなには燻《くすぶ》っているものがある。廁を建て増しするとお蔦から聞かされたとき、どういうわけか、先に高崎から出てきていた女房たちの話を思い出した。

「世の中には、親切そうな顔で近づいてきて、平気で人を騙す輩がいるんですよ」という、あのときの言葉が脳裡《のうり》をかすめる。

「女将さん、すまないがこちらに来てくれるかい」

小上がりにいる客に呼ばれて、お蔦がそちらへ向かう。

「はい、ただいま」

「梅川屋さん、よかったらこいつも食べてみてくだせえ」

寛助がそういって、板場を出てきた。手に皿を持っている。

まるで、お蔦が床几から離れるのを見計らっていたようだった。

「いかを醤油と酒に漬け込んで、さっと炙《あぶ》ってあります。仕上げに、粉山椒《こなざんしょ》をぱらっと」

角樽をいただいたお礼にと、寛助が床几に皿を置く。

「では、遠慮なくいただきますよ」

梅川屋たちが、さっそく口にする。

「ほう。いかの旨《うま》みに、ぴりっとした刺激と香りが絶妙だ」

「これは酒が呑みたくなる」

連れの男たちから声が上がるが、梅川屋は首を斜めに傾けている。

「梅川屋さん、どうしたんだね。むずかしい顔をして」

「おまえさん、酒がまったく進んでないじゃないか」

けげんそうな声を掛けられて、梅川屋が深い息を吐く。

「何かが、違うんです」

「違うって、何がですかい」

寛助が声を尖《とが》らせた。びくっと、なずなの首が縮む。

「あ、いえ、不平を申しているのではありません。南蛮漬けも炒り豆腐も、このいかも、もちろん美味しい。だが、酒を呑んでも、どこかしっくりこないというか……。そもそも酒の味が、水戸で呑んだときと違って感じられましてね」

「む」

寛助が腕組みをする。

「水戸から江戸へ運ばれてくるあいだに、味が変わったんでしょうか」

なずなは遠慮がちに口を入れた。灘《なだ》や伊丹《いたみ》でこしらえられる酒は、江戸へ向かう船の上で波に揺られて味が柔らかくなるのだと、ともえの客が話すのを耳にしたことがある。

「ふうむ」

いま一度、低く唸《うな》った寛助が、板場に引っ込んだ。大皿に盛られた日替わりの肴《さかな》から、佃煮の入った卵焼きを小皿に取り分け、床几へもどってくる。つむじ風に看板を飛ばされた佃煮屋が、その後も時折、店の品を届けてくれているのだった。

「この卵焼きに、酒を合わせてみてくだせえ」

寛助にいわれた通りにした梅川屋が、

「ああ、そうだ。まさに、この味です」

ぱっと、表情が明るくなった。

「しかし、何ゆえこんなことが」

「ともえでふだん味付けに使っているのは上方の醤油だが、卵焼きに入っている佃煮は、銚子の醤油で炊かれてるんでさ。だったら、佐原の酒に合うんじゃねえかと」

「ははあ、どちらも関東《かんとう》の地廻り品ですからな」

梅川屋が深くうなずく。

「その佃煮を味見したとき、色も味も濃いめなんで、どんな訳合いがあるのかと佃煮屋に訊ねましてね。銚子の醤油ってのはそれまで耳にしてはいたんですが、じっさい煮炊きに使ったことはなかったんでさ。修業を積んだお店の板前も、上方から下ってきてましたし」

「ねえ、寛助さん。醤油って、上方と関東でそんなに差があるんですか」

なずなが訊ねると、寛助が小鼻をひくひくさせた。

「面白いもので、まるで違うんだよ」

「いやあ、これはいい」

卵焼きと酒を交互に口へ運んで、梅川屋が目を細めている。

# 六

三日後のこと。

上野南大門町《うえのみなみだいもんちょう》へ出前を届けたなずなは、空になった岡持ちを提げて大通りを歩いていた。

頭上は灰色の雲に覆われている。このぶんだと、日が暮れる前に雨が降りだすかもしれない。

それにしても、醤油にあれほどの差があるとは思わなかった。ともえで使っている醤油と、寛助が佃煮屋で分けてもらってきた醤油を、店を出る前に比べてみたのだ。

上方のは淡い褐色をしていて、まろやかな塩味の中にもわずかな甘みを感じる。一方、銚子のは褐色の赤みが強く、きりっと引き締まった味がした。

大豆、麦、塩と用いる材は同じなのに、出来上がったものはたいそう異なる。なずなは酒を呑めないが、米と水からこしらえる酒も、上方と佐原のものでは味わいがずいぶん違うことだろう。

「なずな、ご苦労だったね」

三間ほど先で、お蔦が片手を掲げている。いつしか、花房町にさしかかっていた。

お蔦は店の隣の空地にいて、横には幸兵衛が立っている。厠の普請をしている蓑松親方の、金槌の音が響いていた。

「どうも、こんにちは」

わずかに腰をかがめ、なずなが空地の脇を通り過ぎようとすると、

「幸兵衛さんに、酒と醬油の話をしてたんだ。おまえもさっき、味を比べてただろ」

「上方と関東では、味わいがだいぶ異なるそうですね。お蔦さんの話を、興味深く聞きました」

「はあ、まあ」

ふたりから声を掛けられて、なずなは仕方なく足を止める。

お蔦が幸兵衛を振り向いて、

「銚子の醬油を使った肴も、幾つかこしらえてみたんですけどね。これがまた、佐原の酒に合うんです」

「へえ、そうなのかい」

「寛助さんとも話し合って、これからは銚子の醬油や佐原の酒も取り入れようってことになりましてね。というのも、地廻りの品は江戸までの運賃が抑えられるぶん、仕入れ値も安く上がるんです」

お蔦はいつになく饒舌《じょうぜつ》だった。幸兵衛の口調も、いやに馴れ馴れしい。

「それにしても、佐原の酒は呑んだことがないな」

「灘や伊丹の酒には劣りますけど、力強くて切れがありますよ。うちで出している極上と中汲のちょうど真ん中ってところで、お客にも喜んでもらえるかと」

「じゃあ、酒樽を置く棚が要るだろう。もうひとつ増やすかい」

「そうね。お願いできるかしら」

お蔦が胸の前で手を叩く。

「や、やめてくださいっ」

思わず、なずなは声を上げた。

「ともえの商いに、幸兵衛さんは関わりがないでしょう。どうして、いちいち口を出してくるんですか」

「いま、なずなちゃんの声がしたようだが……」

戸口から、寛助の首が突き出る。

なずなは岡持ちの把手《とって》を、ぎゅっと摑《つか》んだ。

「お蔦さん、気をつけてください。幸兵衛さんは次から次へと普請を勧めて、ともえからお金をふんだくろうとしてるのかもしれません」

「は、何をいきなり」

お蔦がきょとんとする。

目に入った光景でおおよそを飲み込んだとみえ、寛助が飛び出してきて、なずなの側につく。手にした火吹き竹を振りかざすと、

「やい、幸兵衛さん。おれもいわせてもらうが、お蔦さんをそそのかすのはよせ。気を引こうったって、そいつはできねえぞ。お蔦さんは、れっきとした亭主持ちなんだ」

「あんたたち、どうしたんだい。おかしなことを……」

いぶかしそうに、お蔦がなずなと寛助を見る。

雨粒がぽつりと、なずなの頬に当たった。

「おかしいのは、お蔦さんのほうじゃないですか。幸兵衛さんが通ってくるようになってから、まるで人が違ったみたいになって」

「なずなちゃんのいう通りだ。切羽詰まってもねえのに廁をこしらえたりして、日ごろのお蔦さんらしくもねえ」

寛助の肩にも雨粒が落ち、着物に小さなしみができた。

金槌の音が熄み、蓑松親方が空地の奥からこちらを窺っている。

なずなと寛助、そしてお蔦の顔をはらはらしたように見やっていた幸兵衛が、

「お蔦さん、こちらのおふたりに、筋道を立てて話をしたほうがよさそうだ」

「そのようだね」

お蔦が肩を上下させ、ともかく中に入ろうと、なずなたちをうながした。

店に入ったなずなは、四人分の茶を淹れた。

「どうぞ」

床几に腰掛けた幸兵衛の横へ茶を出すと、なずなは自分の湯呑みを持って、小上がりの端に尻《しり》を乗せているお蔦の隣に陣取った。寛助は板場で腕組みをしている。

湯呑みに口をつけた幸兵衛が、

「まずは手前から申し上げておきたいことがあります」

そういって、話を切り出した。

外では、金槌の音がし始めている。

幸兵衛の話が進むにつれ、なずなの目が大きく見開かれた。

「え。それじゃ、もともとこの建物は、幸兵衛さんのところの持ち物だったんですか」

「手前は紙問屋のひとり息子ですが、そこが持っていた家作を、お蔦さんに買い取っていただいたんです。いまから七年ほど前のことですが……」

幸兵衛がなずなに応えると、寛助が首をひねった。

「しかし、何だってまた、紙問屋の跡取りが材木問屋の番頭に」

「父が営んでいたのは紙問屋の江戸店《だな》で、本店は土佐《とさ》にありましてね」

「土佐……」

「両親《ふたおや》とも土佐の生まれで、父は本店の手代頭を、母は女中奉公をしておりました。土佐で漉《す》かれた紙を江戸で売り捌《さば》くことになり、夫婦となってこちらへ遣わされたのです。手前が生まれ、江戸店の商いも順調に進んでいたのですが、あるとき、本店から紙を積んで江戸へ向かっていた船が難破しまして……」

船に乗っていた水主たちは助かったものの、積み荷は海の底へ沈んでしまった。それがもとで、本店の身代が一気に傾いたのだ。幸兵衛の父は江戸店が持っていた二、三の家作を売り払い、まとまった金をこしらえて本店へ送ったが、ひとたび左前になった商いを立て直すのは容易なことではない。しばらくして本店が潰《つぶ》れると、じきに江戸店も立ち行かなくなり、幸兵衛の父は店を手放さざるを得なくなった。

知る辺を頼って山甚に働き口を得た幸兵衛は、算盤《そろばん》ができるのもあって番頭に取り立てられた。しかし、父は心労がたたり、商いをやめた半年後に心ノ臓の病で息を引き取ったという。

「と、そんなわけでして……。お蔦さんは、手前の身の上を慮って、そういった経緯《いきさつ》を口外なさらなかったのです」

黙って茶を飲んでいたお蔦が、湯呑みから口を離した。

「それなのに、あんたたちときたら」

なずなをじろっと睨《にら》むと、

「他人の事に首を突っ込むなと、ふだん、あれほどいってるじゃないか。あたしの事は、あたしに任せておけばいいんだよ」

なずなは手に包んだ湯呑みを見つめる。茶が小波《さざなみ》だっていた。

顔を上げ、お蔦の目を見返す。

「普請の事もあるけど……。お蔦さんを奪《と》られるんじゃないかって、気が気じゃなかったんだもの」

「お、おれは、なずなちゃんの気持ちがわかるぞ」

寛助の鼻息も荒い。

ちょっと間があったのち、お蔦がにわかに顔を仰《あお》のけて笑いだした。

「まったく、何をいうかと思えば……。幸兵衛さんは、龍平さんの知り合いだよ。もっというと、あたしが龍平さんと出会う前から、ふたりは友だちだったんだ」

「………」

なずなは寛助と顔を見合わせる。

幸兵衛が口を開いた。

「龍平さんが勤める廻船問屋『大黒屋』は、本湊町《ほんみなとちょう》にある。その隣に、紙問屋があったんです。江戸店から土佐や大坂《おおさか》へ送る品は、大黒屋の船に積んでもらっていたので、手前もちょくちょく出入りしていましてね。龍平さんとは齢も近くて、気が合いました」

ある日、幸兵衛は龍平から、気になっている娘がいると打ち明けられた。菱垣廻船で大川の河口を入ってくると、十軒町あたりの水辺で、漁に用いる網を一心に繕っている娘の姿が目に入るのだという。

「龍平さんは、手前から見ても惚《ほ》れ惚《ぼ》れするような肝の据わった男だが、そのときに限っては弱気でね。どうしたらその娘さんに振り向いてもらえるかと、一緒にうんうん唸りながら思案しましたよ。いきなり押しかけたって、不審がられるきりですから」

幸兵衛が、懐かしそうに目を細める。

「十軒町に近いお稲荷《いなり》さんの縁日に通って、お蔦さんと言葉を交わすようになって……。龍平さんは、上方で買ってきた櫛《くし》を渡したんです。それからしばらくして、ふたりが所帯を持つことになったと聞いたときは、我が事のように嬉《うれ》しかった」

「お蔦さん、その櫛……」

なずなは隣を向くが、お蔦は遠い目をして宙を見つめている。

外は雨が本降りになってきたようで、店の中が小暗くなった。いつもより少し早いが、なずなは小上がりに置かれた行燈《あんどん》に灯を入れる。

お蔦の髪に挿された漆塗りの櫛が、柔らかなあかりに照らし出された。

幸兵衛が、なずなの目を見る。

「むろん、左馬次さんとおふみさんのことも存じています。なずなちゃんが生まれたときは、龍平さんやお蔦さんと、手前も顔を見に行ったんですよ。でも、なずなちゃんはそんなことを憶《おぼ》えてはないし、先ごろ怖い思いをしたばかりだとお蔦さんから聞いて、声を掛けるのを控えていたんです」

「母は、幸兵衛さんのことを存じ上げないようでしたけど……」

なずなが眉をひそめると、

「幸一郎《こういちろう》といっていただければ、ご存じかと。山甚で働き始めて、幸兵衛と名乗るようになりましたので」

「ああ、それで」

「お店《たな》勤めになってからは、ともえにうかがうこともなくなりまして……。しかし、神田界隈でつむじ風が吹いたと耳にして、お蔦さんのことが案じられましてね。龍平さんも、まだ帰ってこられていないし……」

幸兵衛が目を伏せると、お蔦が鼻を鳴らした。

「所帯を持っても、なかなか子宝を授からなくて……。気晴らしに店でも出してみたらと、龍平さんが勧めてくれたんだ。板子《いたご》一枚下は地獄というだけあって、水主ってのはわりと実入りがいいんだけど、それでも方々に頭を下げて、やっとここを手に入れた」

宙へ目を向けたまま、お蔦がひと言ずつ口にする。

「あたしにとって、ともえは子供みたいなもんだ。立派じゃなくていいから、お客さんに好かれる、居心地のいい店にしたい。龍平さんにそう話したら、ともえがおれのふるさとだと……。海の上から、ここを目指して帰ってくると……」

お蔦の目許が、心なしか潤んでいるようだった。

「だから、龍平さんが帰ってきたとき、少しでも温かく迎えられるように、造作に手を掛けたくなったんだ」

七

それから十日ばかり経った。

暮れ六ツをまわって客の入り始めたともえの小上がりに、山甚の番頭、幸兵衛の姿がある。卓を挟んだ向かいには、齢のころ六十前後と見える老女が坐っていた。

「幸兵衛さん、おいでなさいまし」

寛助が板場から出てきて、小上がりの前に立つ。

「こんばんは。おっしゃる通り、今宵《こよい》は母を連れて参りましたよ。おっ母さん、こちらは板前の寛助さんと、なずなちゃん。それと、お蔦さんのことは憶えているね」

寛助の横にいるなずなやお蔦のほうを手で示しながら、幸兵衛が母親に話し掛けると、

「つると申します。日ごろは倅《せがれ》がお世話になっております。お蔦さん、お久しぶりだこと」

おつるはそういって、八割方が白くなった頭を低くする。身に着けているのは木綿物だが、かつては商家の内儀であった気品のようなものが、居住まいに漂っていた。

いまは本湊町にある長屋で、ひとり住まいをしているという。

「幸一郎さんが山甚にいらして助かりました。手配りしていただいた大工の親方に、雨樋を直してもらったり、ほかにもいろいろと普請を頼みましてね」

幸兵衛の実の名を口にして、お蔦が腰をかがめる。

「なずなです。おふたりとも、ゆっくりしていらしてくださいね。わたしが、お酒の燗をつけて差し上げます」

「ほう、頼もしいことだ」

幸兵衛がいくぶん冷やかすようにいい、座に和やかな笑いが起きる。

幸兵衛親子をともえに招きたいといい出したのは寛助で、お蔦を通じて話を伝えた

のだった。寛助が表立って口にすることはないが、このあいだの非礼を詫びる気持ちが底にあるのは、なずなにも何となく察しがつく。

板場へ下がった寛助が、仕込んであった肴を器に盛り付け、みずから小上がりへ運ぶ。

なずなも、諸白《もろはく》の樽から酒をちろりに移し、銅壺の湯で人肌に温めてから持っていく。

幾つかの小鉢が並んでいる卓の中ほどに、寛助が大ぶりの皿をどんと置いた。

「どうぞ、お上がりくだせえ」

「まあ、これは……」

おつるが目をまたたき、手で胸許を押さえる。

ふだんのともえでは出していない、なずなも初めて見る一品であった。床几の客に応対していたお蔦も気になるようで、こちらへ顔を向けている。

「鰹の土佐造りでさ。前にいた店の板場に、土佐の生まれって人がおりやしてね。その人が話していたのを、思い出しながらこしらえました。鰹の時季はそろそろおしめえですが、魚市で活《い》きのいいのを見かけまして」

鰹の節を串《くし》に刺し、周りを藁火《わらび》で軽く焼く。冷めたところへ塩と酢を振りかけ、庖丁の背で叩いて味を馴染ませるのだと、寛助がつくり方を講釈する。

「薬味には、おろし生姜に葱、にんにくを添えてあります。土佐のほうでは柚子《ゆず》や橙《だいだい》の搾り汁をかけて食べると聞いたんですが、あいにく手に入りませんで……」

話が終わるのを待ちきれないとみえ、おつるが箸を持ち上げる。鰹の身に薬味を載せ、小皿に入った醬油をちょんとつけて口へ運んだ。

「ん、んん」

目をつむり、時をかけて咀嚼《そしやく》する。おつるは黙ったまま、もうひと切れ。

さらにひと切れを味わうと、おつるはほうっと息をついた。

「もちもちした鰹の歯ざわりと、こうばしい藁の香り。懐かしい……。土佐のお店が潰れ、在所の身寄りもいなくなって、もう二度と帰ることはないと思っていましたが、いま、まさしく私はふるさとにおりました」

にわかに若々しくなった顔つきを、なずなははっと見つめた。空地で幸兵衛と話していた折の、お蔦の表情がおつるに重なる。あのとき、お蔦は時を遡って、昔に旅していたのかもしれない。

「板前には、何よりの褒め言葉でさ」

鼻の頭を拳《こぶし》でこすり、寛助が頭を下げる。

幸兵衛が、穏やかな眼差《まなざ》しを母に向けていた。

世の中には、しんじつ親切な人もいる。そのことが、なずなには嬉しく、心強く思われた。

四半刻《しはんとき》もすると、店は客でいっぱいになった。

床几にいる常連客が、手を挙げている。

「なずなちゃん、ちょいといいかい」

「はい、参ります」

なずなが近寄っていくと、男が壁に張られた品書きを見上げて、

「極上と中汲のあいだに、〈上〉と書いてあるのは何だい」

「新しいお酒を置くことにしたんです。佐原でこしらえているお酒で、今日からお出ししているんですよ」

「ふうん、そいつを頼もうかな。試しに一合ほど、熱くしてくれるかい」

なずなはうなずいて、

「一緒に、佃煮の入った卵焼きはいかがですか。佃煮のきりっとした醬油味が、佐原のお酒に合うって、ほかのお客さまが」

「へえ。じゃあ、それも」

「かしこまりました」

床几を離れようとするなずなを、別の客が呼び止める。

「いまの組み合わせで、ここにも頼むよ」

「なずなちゃん、こっちもだ」

「ありがとう存じます」

板場に注文を伝え、酒樽の前に立つと、

「なずなちゃんも、商売が上手《うま》くなったな」

背中越しに、寛助がいってよこした。

やがて、銅壺から引き上げたちろりを、なずなが床几へ運んでいく。

お蔦は、卵焼きの盛られた皿を客の前に置いている。

ちろりから猪口に酒が注がれ、あちらこちらで湯気が上がった。

「ほう。上方の酒に勝るものはねえと思っていたが、こいつも捨てたものじゃねえな」

「佃煮の濃いめの味に、ぴったりだ」

「こういうのを味わえるのは、江戸ならではだな」

誰かがいったひと言に、ほかの客たちがうなずき合っている。

「ふるさとの味ってのは、こんなふうにつくられていくのかもしれないね」

隣にきたお蔦が、感慨深そうにつぶやく。ちらりと見た横顔が、なずなの目にはどことなく寂しそうに映った。

客たちが談笑しながら酒を酌み交わす店の中は、くつろいだ趣きに満ちている。

その光景が、本来ならばともにいて、このひとときを分かち合っているはずの人たちの不在を、なずなの胸にくっきりと浮かび上がらせた。

# 二十六夜《にじゆうろくや》待《ま》ち

一

縁側へ置かれた笊《ざる》に、梅の実が山盛りになっている。つごう百粒はあるだろうか。

ひと粒つまんだなずなが、実の生《な》り口に付いているへたを竹串《たけぐし》の先で取り除きながらいう。

「梅仕事をするのは、二年ぶりよ」

黄色く熟した梅の実は、甘い香りを漂わせているが、このままではまだ美味《おい》しくない。これから手間暇をかけて、梅干しをこしらえるのだ。

「去年のいま時分は、私が寝たり起きたりだったものね。甕《かめ》に残っていた梅干しも、とうに底をついたし……」

笊を隔てて隣に坐《すわ》っている母おふみが、手にした梅をしみじみと眺める。

しばらくのあいだ、ふたりは黙々と手を動かした。

なずなの膝《ひざ》へ広げた手拭《てぬぐ》いに、小さなへたが溜《た》まっていく。

梅雨が明けるまではいま少しあり、部屋には柔らかな雨音がこだましている。

やがて、へたが取れてすっきりとした梅が揃った。このあと梅を塩に漬けるのだが、塩加減などはすべて母の受け持ちである。

「そろそろ、ともえに行く支度をしないと」

へたをこぼさぬように手拭いで包み、立ち上がろうとすると、

「なずな、ちょいと」

おふみが膝をこちらへ向けていた。その顔つきがふだんよりもこわばって見え、なずなはしぜんに坐り直す。

「住吉丸が難破して、もうじき二年になる。月が替わればお盆だし、このへんで区切りをつけてもいいかと思うんだ」

母が何をいおうとしているのか、なずなには飲み込めなかった。

「お盆には、お父《と》っつぁんの――左馬次さんの位牌《いはい》をこしらえようかと」

深い霧の底から、父の死がくっきりとした輪郭を帯びて立ち上がった気がした。

「そんな。お父っつぁんはきっと帰ってくるって、ふたりで励まし合ってきたじゃないの。このあいだだって、お父っつぁんもどこかでひとつ星を見上げてるはずだと、おっ母《か》さんはそういって……」

でも、母のいう通り、もう二年が経とうとしているのだ。相反する気持ちが、なずなの胸で交錯する。

屋根板を打つ雨音が強まり、縁側が翳《かげ》った。

なずなはふと顔を上げる。

「おっ母さん、もしかして再縁するの」

井戸端で長屋のお内儀《かみ》さんたちが話しているのを、先にたまたま立ち聞きしたのだ。

「おふみさんも、三十を少し出たばかりだろう。いまならまだ、後添いの口がありそうだけど」「なずなちゃんだって、いずれは嫁にいくんだ。亭主がいたほうが何かと心強いだろうにねえ」と、かしましく喋《しゃべ》っていた声が耳によみがえる。

「誰が何をいったか知らないけど、再縁する気はこれっぽちもありませんよ」

おふみが苦笑する。

「左馬次さんが帰ってくるのを、いつまでだって待つつもりだよ。だけど、おまえがかどわかされたとき、これからは私がしっかりしなくてはと痛感してね。修山先生に話したら、形になったものを目につく場所に置いておけば、踏ん切りがつくんじゃないかって」

おふみは体調のよしあしにかかわらず、月に一度は高井修山の診察を受けている。

「とはいえ、おまえの気持ちも聞いておかないと」

どう思う、とおふみがなずなの顔をのぞき込む。

位牌が置いてあると、父がこの世にいないことを常に突き付けられるようで、考えただけで息苦しくなる。だが、前を向こうとしている母に、異を唱えるのも気が引ける。

もやもやする胸の内をどう伝えたらよいのか、なずなには言葉が見つからない。

その夜、ともえの小上がりには、梅川屋七兵衛たちと早野さまの姿があった。

早野さまは、幕府の老中を務める田沼主殿頭意次《とのものかみおきつぐ》の家臣である。このほど、幕府では印旛沼周辺の治水と新田開発のために掘割をつくる計画が持ち上がり、早野さまも主君の命を受けて資金集めなどに奔走していた。

「我が殿の縁戚《えんせき》が本郷《ほんごう》にござっての。あるとき所用を仰せつかって出向いた帰り、ふと立ち寄ったのがともえであった。そこに居合わせた梅川屋どのに、こたび力添えしてもらえようとは、何とも不思議なものだ」

なずなから受け取ったちろりを早野さまが傾けると、

「手前どもの力など、微々たるものでございます。筆頭金主の長谷川新五郎《はせがわしんごろう》さま、天王寺屋藤八郎《てんのうじやとうはちろう》さまらの足許《あしもと》にも及びません」

恐れ入った顔つきで、梅川屋七兵衛が酌を受ける。いつもの連れの男たちも、うやうやしく猪口《ちょこ》を押し頂いている。

卓には、浅蜊《あさり》の佃煮《つくだに》が入った卵焼きや稚鮎《ちあゆ》の南蛮漬け、小茄子《こなす》と茗荷《みょうが》の和《あ》え物などが載っていた。

「ふむ、これはなかなかいけるの」

酒をひと口のんで、早野さまが猪口を見た。注がれているのは、佐原の蔵元で仕込まれた酒だ。

粗削りだが力強い風味に負けぬよう、肴《さかな》の味付けには銚子の醤油《しょうゆ》が用いられている。寛助の話では、稚鮎を漬ける南蛮酢も、酢に足すのが塩だと味が尖《とが》りすぎ、上方の醤油だとぼんやりするところを、銚子の醤油は絶妙な塩梅《あんばい》に引き締めてくれるのだという。店が開く前になずなも味見させてもらったが、日ごろはどうしても気になってしまうはらわたの苦味が、酸味や塩味とほどよく溶け合って控えめに感じられた。

「掘割を普請するのって、幾らくらい掛かるんですか」

盆を胸に抱えて訊《たず》ねるなずなに、早野さまが首をひねりながら、

「ざっと見積もって、六万両といったところかの」

「ろ、六万……」

「とてもではないが、誰かが一手に引き受けられる金高ではありません。ゆえに、手前どものような者でも、何かお役に立てればと……。存じ寄りの口入屋に掘割普請のことを話したところ、現場に差し向ける人手を江戸で集めてくれることになりましてね」

梅川屋が話を引き取った。

「力仕事に関わる人足のほか、掘割を普請するには諸々《もろもろ》の職人も揃えませんとな。目途がついたら、いずれ顔合わせをしようと算段しているのです。もちろん、ともえで」

「ぜひ、お待ちしてます」

なずなが相づちを打ったとき、店に客が入ってきた。二人連れが二組、続けて暖簾《のれん》をくぐる。

「へい、らっしゃいッ」

板場から威勢のよい声が飛び、

「ようこそ、おいでなさいまし」

お蔦が客たちを床几《しょうぎ》へ通す。

例年、梅雨時は客足が鈍るのだが、ともえが関東地廻《じまわ》りの酒とそれに合う肴を出していることをどこからか耳にしたとみえ、このところ新しい客が増えている。

床几に腰掛けた男が、壁に張られた品書きを指差して、

「〈上〉ってのが、佐原の酒かい。ぬる燗《かん》にしておくれ、二合半《こなから》だ」

「佃煮入りの卵焼きが、ここの名物と聞いてきたんだ。そいつをもらおう」

「かしこまりましたッ」

なずなは小上がりを離れて酒樽《さかだる》の前に立つ。

「こっちは、中汲《なかぐみ》を頼むよ」

「卵焼きを、ここにもおくれ」

あちらこちらで声が上がり、たちまち板場はきりきり舞いになる。

それでも、初めての客は様子見がてらに寄ってみたというのもあるのか、客波は拍子抜けするほどさっと引いた。梅川屋と早野さまも、いつのまにか姿がなくなっている。

しまいの客を見送りに出たお蔦が、暖簾を取り込みながらなずなを呼んだ。

「おまえ、今夜は上の空だったじゃないか。ぬる燗の客に熱燗をつけたり、にごり酒の注文に中汲を出したり。振りの客だからって手を抜いたりしたら、承知しないよ」

切れ長の目が吊《つ》り上がっている。

「え、そんなつもりは」

まるで心当たりがなかった。だが、寛助も苦い顔をしているところを見ると、己れが気づいていないだけのようである。

「すみません、次から気をつけます」

前垂れに手を揃え、頭を下げる。

「あんまり気にするなよ。あのくらい、どうってこともねえ」

低い声で慰める寛助を、お蔦が軽く睨《にら》む。

なずなはしばらく足許を見つめ、顔を上げた。

「お蔦さん。あの、母が父の位牌をこしらえてもいいかって……」

小上がりの隅に暖簾を立てかけたお蔦が、なずなを振り返る。

「ああ、そのことか。先だって、おふみさんから聞いたよ」

「お蔦さんは、どう応《こた》えたんですか」

「どうって、おふみさんの思うようにすればいいじゃないか」

応えるまでもないという口ぶりだ。

「だけど、ともえは厠《かわや》を普請したばかりですよね。龍平伯父《おじ》さんが帰ってきたとき、温かく迎えられるようにって」

「あたしはあたし、おふみさんはおふみさんだ」

「それはそうですけど……」

お蔦は話を切り上げるように手を叩《たた》くと、卓の上に残っている皿や小鉢を集めにかかった。

二

あくる日、なずながともえに出ると、寛助が煎酒《いりざけ》を仕込んでいた。

「白身の魚や貝には、醤油でも味噌《みそ》でも酢でもねえ、煎酒にしか引き出せねえ味わいってのがあるんだよ」

そういって、作り置きが切れると新しいのをこしらえる。酒およそ三合と梅干し三個を小鍋《こなべ》に入れ、沸かして酒臭さを飛ばしたのちに鰹節《かつおぶし》を加えてさらに煮る。粗熱をとって布巾《ふきん》で漉《こ》すと出来上がりだ。梅干しは、むろん寛助が漬けたものである。

店に漂う甘酸っぱい香りが、じめじめした梅雨のうっとうしさを、束の間でも忘れさせてくれる。

なずなは襷《たすき》を背中へ掛け渡し、板場に入った。仕込みに使った皿が、流しに下げられている。

「お皿を洗いますね」

「ああ、頼むよ」

鰹節をひと摑《つか》み、小鍋に放り込みながら寛助が応じる。お蔦は井戸端に出ているようだった。

「寛助さん、今日のお勧めは何ですか」

「いい鱸《すずき》が手に入ったんで、薄造りにして、煎酒とわさびを添えようかと。あとは鮎《あい》並《なめ》の煮付けだな」

「わあ、美味しそう」

なずなが口許を弛《ゆる》めると、

「ごめんください」

表に人が立った。寛助がひょいと首を伸ばして、

「おう、これは村井屋《むらいや》の……。すまねえが、ちょっといま、手が離せねえんでさ」

土間に入ってきたのは、佃煮屋「村井屋」の主人、才蔵《さいぞう》である。ふた月ほど前、つむじ風に飛ばされてともえの雨樋《あまどい》にぶつかったのが、村井屋の看板であった。それがきっかけで、ともえは村井屋から佃煮を仕入れたり、銚子の醤油を分けてもらったりするようになった。なずなも才蔵とは顔馴染《なじ》みだ。

「才蔵さん、こんにちは」

軽く会釈したなずなに、六十年配の才蔵が目を細めてから、

「手を動かしながらで聞いてくれるかい。おまえさん、これからは銚子の醤油もどんどん使いたいといっていただろう。折しも、村井屋と取り引きしている醤油蔵から手代さんが見えたんで、引き合わせようと連れてきたんだ」

「いずれ頼もうと思ってたんだ。手間が省けて助かりまさ」

「さあ、話は通しましたから、こちらへ」

才蔵が表へ向かって手招きする。

縞《しま》の着物を着た男が、敷居をまたいだ。

寛助が小鍋に目を向けたまま、

「なずなちゃん、裏へ行ってお蔦さんを呼んできてくれねえか」

しかし、その声はなずなの耳に入らなかった。皿が手から滑り落ち、硬い音を立てて砕ける。

「な、なずなちゃん？」

「いやだねえ、皿が何枚あっても足りやしないじゃないか。ぼんやりしてるからそんな……」

つんけんしたお蔦の声が裏口から近づいてきたが、土間に入るとぴたりと止まった。

「お、お父っつぁん」

「さ、左馬次さん」

なずなとお蔦の声が揃う。

太く勇ましい眉《まゆ》、堂々とした鼻梁《びりょう》、軽く引き結ばれた唇。戸口に立っているのは、紛れもなく左馬次であった。

「は……、へ……」

寛助は、なずなと左馬次の顔へ交互に目をやっている。

まるで夢を見ているようだった。

左馬次も、茫然《ぼうぜん》と立ち尽くしている。

「お父っつぁんッ」

いま一度、口にすると、なずなは板場を出て左馬次に抱きついた。身体のぬくもりと汗の匂いが、着物ごしに伝わってくる。

「ずっと身の上を案じていたのよ。ねえ、いままでどこでどうしていたの。ああ、もう、話したいことがありすぎて……」

ふわふわと宙に浮かんでいるような心地がした。

「お、おふみさんを呼んでこなきゃ」

お蔦の声がして、にわかに我に返る。

「わたし、行ってきます」

左馬次から離れると、なずなは転がるように駆けだした。


長屋からおふみを連れてきたのは、およそ四半刻《しはんとき》後のことだ。

「お、おまえさん、よくぞ無事で……」

おふみは言葉を詰まらせると、人目も憚《はばか》らず左馬次の胸にすがりついた。

なずなの目の奥が、じんと熱くなる。母とふたりで、この日をどれほど待ち焦がれたことだろう。

だが、左馬次の唇からこぼれたのは、思いもよらぬ言葉だった。

「あ、あの、恐れ入りやすが、どちらさんで」

おふみがそろそろと顔を上げる。

「どちらさんって……。おまえさん、私がわからないのかえ。ふみだよ、おまえさんの女房じゃないか」

左馬次は怯《おび》えたようにおふみを見ている。

「じゃあ、わたしのことは。なずなよ、なずな」

なずなに向けられる目も、おどおどして落ち着きがない。

なずなとおふみは顔を見合わせた。

お蔦が眉をひそめていう。

「なずながおふみさんを呼びに行ってるあいだ、いろいろ話し掛けてみたんだが、どうも様子がおかしいんだよ。自分は千代鶴《ちよづる》って醬油蔵の浜吉《はまきち》だなんていうし……。いま、千代鶴から何人かで江戸へ出てきて、得意先を回ってるそうでね。その人たちが泊まってる宿屋に、寛助さんと才蔵さんが行ってくれてるところだ。誰かつかまるといいんだけど……」

話しているうちに、店に寛助が帰ってきた。二十代半ばといった、なずなの見知らぬ男を伴っている。

お蔦が板場に入って湯呑《ゆの》みに水を汲み、肩で息をしているふたりに差し出す。

寛助がひと息に水を飲み干した。

「こちらは、千代鶴の手代頭、茂助《もすけ》さんだ。折よく、宿屋にいなすってね」

才蔵は茂助に寛助を引き合わせると、村井屋へもどったという。

寛助の横で、茂助が腰をかがめた。

「茂助と申します。こちらさまに、浜吉の身内の方がおいでだとうかがいまして……」

「この人は左馬次といって、私の亭主です。浜吉なんかじゃありません」

おふみがむっとした顔でいい返すと、お蔦が板場から出てきて、おふみの肩口に手を添えた。

茂助が額ぎわを指先で掻《か》きながら、

「いまから二年ほど前、尾鷲《おわせ》の浜に倒れていたのを、地元の漁師に助けられたのですよ。見つかったときは下帯一本の姿で正体を失っていて、三日後に目を覚ましたものの、己れの名や住処《ところ》はむろん、何ゆえそこにいるのかも見当がつかないと……。名無しの権兵衛《ごんべえ》というわけにもいかず、浜吉と呼ばれるようになったのでして」

「尾鷲ってえと、伊勢《いせ》でしょう。銚子の醬油蔵と、どう結びつくんですかい」

言葉を失くしている女たちに代わって、寛助が訊ねる。

「手前どもはいまでこそ銚子で醬油をこしらえておりますが、千代鶴の初代は紀州の生まれで、代々の当主は銚子と紀州をたびたび往来して参りました。当代の主人も紀州で本家の法事に出まして、銚子への帰路に尾鷲へ投宿していたところ、浜吉の話を耳にしたのです」

茂助は主人のお供をしていたので、その折のことはよく憶《おぼ》えているといった。

「宿の者の話では、浜吉が江戸弁を喋るというので、主人ともども港へ出向きましてね。当人に会ってみると、やはり江戸者らしい。ひとまず銚子へ行けば何かを思い出すかもしれないと主人が話しまして、身元を引き受けたのです」

なずなはすぐには信じられなかった。

「父は、菱垣廻船の水主《かこ》なんです。住吉丸って船に乗ってたんですけど、時化《しけ》に遭っちまって……。壊れた船の一部が熊野の浜に打ち上げられて、一緒に乗り組んでいた人たちの亡骸《なきがら》も、少し離れたところに流れ着いて……。でも、父がどうなったかは、まるきり手掛かりが摑めなかったんです」

「ここへ来る途中に寛助さんからそのようにうかがって、手前もびっくりしているのです。尾鷲の漁師連中は、浜吉のことを自分たちと同じ、どこかの漁師ではないかと申しておりましたので……。江戸弁を話すのはともかく、身体には軽いかすり傷を負っていたくらいでしたし、よもや菱垣廻船の水主だったとは。廻船が難破したという話も、手前どもが尾鷲にいるあいだには聞こえてきませんでした」

そういって、茂助がおふみに向き直った。

「身内の方がよろしければ、このまま浜吉をお預かりいただけませんでしょうか。浜吉の素性が明らかにできそうであれば、それを先に立てるようにと、銚子を出る折に主人からいいつかっておりますし」

「あ、あの、何が何だか……」

おふみはいささか混乱しているようだった。

左馬次は所在なさそうに腕をさすっている。

「おふみさん、左馬次さんをいっぺん長屋へ連れて行ってみたらどう」

おふみの顔をのぞき込んだお蔦が、なずなへ目を移す。

「おまえも、今日はもうお帰り」

「そうはいっても、毎日お客さんでいっぱいだし……。あ、そういえばお皿」

さっき店を飛び出したとき、割れた皿がそのままであったのを思い出した。

「皿はおれが始末しておくよ。なずなちゃん、お蔦さんのいう通り、お父っつぁんやおっ母さんと家に帰りな」

なずなはわずかに思案して、ふたりの思いやりに甘えさせてもらうことにした。

ともえを出ると、なずなたちは左馬次をあいだに挟むようにして通りを歩いた。

左馬次は物珍しそうにあたりを見回している。父の横顔は日灼《ひや》けの色が褪《さ》め、頰も幾分ふっくらして見えるが、それを除けば前とほとんど変わらない。己れの名はおろか、おふみやなずなのことも憶えていないようには思えなかった。今しがたともえで聞いたのは、茂助の作り話だったのではないかという気さえしてくる。

「うちにはご馳走《ちそう》なんてないけど……。そうだ、冬瓜《とうがん》を買ってあるから、今夜はあれを煮てあんかけにしようか。おまえさんの好物だものね」

おふみの声が華やいでいた。ともえではただ驚くばかりだったが、三人で歩くうち、これは幻ではないという気持ちがじわじわと込み上げてきたのだろう。

「おれは別に、何でも構わねえですから……」

「お父っつぁん、遠慮するのはなしよ。お父っつぁんの浴衣《ゆかた》は、おっ母さんがきちんと洗い張りしてくれてるし、調度の置き場所も変えていない。家に帰れば、きっと昔のことを思い出すはずだわ」

父に話し掛けながら、なずなは自分や母にもいい聞かせるような心持ちになっていた。

「頭の打ちどころがよほど悪かったんだろうと、修山先生がおっしゃってました。ひととおり身体も診てもらったんですが、とくに案じることはないって……。とにかく、頭の刺激になりそうなことを、どんどん試してみなさいと」

「へえ」

仕込みをしている寛助が、相づちを打つ。なずなは小上がりの卓を布巾で拭《ふ》いていた。左馬次がともえに現れた日から四日ほどが経ち、なずなはふだん通りに働き始めている。

三

あのあと、福井町の長屋に帰ったが、左馬次の記憶がよみがえることはなかった。

菱垣廻船で江戸と大坂を往復すると、積み荷や天候にもよるが、ひと月ほどは海の上で寝起きすることになる。江戸に帰ってくると、まとまった休みが与えられた。

「船乗りってのは、陸《おか》に上がってごろごろしているのが何よりの贅沢《ぜいたく》なのさ」

かつてはそんなふうにうそぶいて、家にいるときは朝から晩まで畳に寝そべりながら煙管《キセル》をふかしていたのに、煙草は飲まないといって部屋の隅にかしこまっている。

女房と娘に呼び掛けるのも、「おふみさん、なずなさん」だし、女たちが寝巻から普段着に着替えようとすると、ひどくうろたえて路地へ出ていく。そんな具合だから、なずなも妙に身構えてしまう。

お蔦と寛助は、ともえには出なくていいから父のそばにいてやれと、なずなを気遣ってくれる。しかし、それだと家に入ってくるのはおふみが針仕事で得る手間賃だけになってしまう。左馬次が水主をしていた時分の蓄えもあるにはあるが、なるべくならば手をつけたくない。なずながともえを休むわけにはいかないのだ。

「修山先生もじっさいの患者を診るのは初めてだそうですけど、記憶を失くすとひと口にいっても、人によって異なるんですって。あるときを境に昔を思い出せなくなるとか、昔のことは憶えているのに新しいことを忘れるとか」

「左馬次さんは、難破する前のことをすっかり忘れちまったんだな」

「この上なく恐ろしい目に遭ったんだと思います。住吉丸や海のことを訊《き》くと、にわかに顔を青くして、がたがた震えだして……」

「板子《いたご》一枚下は地獄というしなあ」

ぶるぶるっと、寛助が首をすくめる。

「好きだったはずの冬瓜を食べても、それほど嬉《うれ》しそうじゃないし、でも、鰯《いわし》の煮付けみたいな、どうってことのないものを美味しいといってお代わりしたりするんです。まるきり別の人に食べさせてるようだと、母も戸惑っていて……」

「ふむ」

寛助が腕組みになった。

「そうそう、千代鶴の茂助さんが長屋を訪ねてこられました。父が銚子でどんなふうにすごしていたか、先だってはあまり話せなかったからと、立ち寄ってくだすったんです」

左馬次は銚子の千代鶴に身を寄せたのち、見習いの蔵人として醬油の仕込みに携わるようになった。仕込みは冬から春にかけて行われる。厳しい寒さの中での仕事が続くが、不平を洩《も》らさずに身体を動かす左馬次は、仲間たちから徐々に信頼されるようになったのだった。

蔵人たちの大方は近在の百姓で、冬場のみ蔵元に雇われているが、茂助や左馬次のようにじかに奉公している幾人かは、夏のあいだに関東近郊の得意先回りへ赴く。左馬次は昨年、江戸の芝《しば》周辺を回ったものの、身元を明らかにする手掛かりを得られなかったこともあり、今年は神田界隈《かいわい》を割り当てられたのであった。

「そういわれても、左馬次さんが醬油の仕込みをしてたなんて、まるで想像がつかないね」

いつのまにか床几にきて煙草盆を手入れしていたお蔦が、小上がりのほうへ首をめぐらせる。

「ところで、大黒屋には知らせたのかい」

「昨日《きのう》、わたしたち三人でうかがいました」

本湊町にある大黒屋は、左馬次が抱えられていた廻船問屋だ。長屋から本湊町までは、歩くと半刻ほどかかる。廻船の水主たちは毎日、店に通うわけではないので、少しばかり離れた場所に住まいがある者もわりあい多い。廻船に乗り込む前日になると大黒屋に集まるのだが、左馬次は足腰の鍛錬だといって歩いたり、ときには柳橋《やなぎばし》あたりの船宿から舟に乗ることもあった。

「江戸の町並みを見て思い出すこともあるんじゃないかと母が思案して、本湊町まで歩いてみたんです。父は通りに並んでるお店の名などは憶えてないけれど、幾度か角を折れる場所では、違《たが》えずに曲がったんです。何となくこっちのような気がするって」

「ふうん、身体が憶えてるのかね」

「だけど、大黒屋の旦那《だんな》さまや番頭さんに会っても、思い出せなくて……。もちろん、おふたりとも父の無事を喜んでくださったんですが、住吉丸が波に飲まれた折のことを訊こうとするとひどく恐がるのを見て、たいそう気の毒がっておられました」

話を聞きながら、お蔦が眉間《みけん》に皺《しわ》を寄せる。

「それでも、気持ちが落ち着いたら大黒屋でまた働けばいいと、旦那さまがいってく分のあいだは四郎兵衛《しろべえ》さんが父の面倒を見てくださると」

「蔵へ荷を運び入れたり、仕分けをするのは出来るんじゃないかって……。あの、当
「そうはいっても、左馬次さんは海が恐いんだろ」

ださって」

「おや、四郎兵衛さんが」

四郎兵衛は、左馬次や龍平の先輩格にあたり、かつては幾度も同じ廻船に乗り込んで、海上での心得を叩き込んだ男であった。平右衛門町《へいえもんちょう》に住んでいて、家にいる左馬次を訪ねてくることもあったので、なずなも顔を見知っている。

「四郎兵衛さんは息子さんと入れ替わりに大黒屋を辞めたそうですが、たまに大川に舟を出して釣りをしているんですって。用があって大黒屋へ寄ったところに、わたしたちが顔を出したみたいで……。その場で旦那さまに申し出てくだすって、父に陸での仕事を仕込んでもらえることに」

「龍平さんも、水主になりたての頃は四郎兵衛さんにずいぶん鍛えてもらったと話していたよ。住吉丸のことがあるまでは、ともえにも通ってくれてたんだけど……。自分が顔を出すとあたしが辛《つら》い思いをするんじゃないかと、気にしてるんだろう。でも、そうかい。四郎兵衛さんについていてもらえるのは心強いね」

お蔦がなずなを力づけるようにいう。

すると、それまで黙っていた寛助が口を開いた。

「なずなちゃん、鰯はどんな味付けなのかい」

いきなり話の向きが変わって、なずなはちょっと面食らった。

「ええと、味噌煮です。わたしが子供の時分から、ずっと」

「思った通りだ。左馬次さんが千代鶴で食べてた鰯は、十中八九、醤油煮に違いねえ。だが、昔から慣れ親しんでいるのは味噌煮だ。当人は思い出せなくても、舌に染み込んでる味があるんだよ」

「あ……」

なずなは小さく口を開いた。

あくる朝、なずなはおふみと話し合って、左馬次と浅草寺へお参りに行くことにした。

朝餉《あさげ》をすませて、長屋を出る。なずなとおふみの後ろを歩きながら、左馬次は狐につままれたような顔をしている。

鳥越橋を渡り、幕府の広大な御米蔵を右手に眺めながら進んでいくと、商家が軒を連ねる通りの先に雷門《かみなりもん》が見えてきた。雷門をくぐって参道を進み、仁王門を入ると本《ほん》瓦葺《かわらぶ》きの本堂が目の前に迫ってくる。

梅雨の空には鼠《ねずみ》色の雲が垂れ込めているが、境内にはかなりの数の参拝客がいた。

「お父っつぁんは、自分の乗った船が江戸にもどると、お礼参りに来ていたのよ」

「へえ、でっけえ寺だなあ」

なずなの横で、左馬次が堂々たる甍《いらか》を見上げている。

三人はひとまず本堂に上がり、御本尊に手を合わせた。

外へ出ると、おふみが鐘楼のほうへ歩いていく。

「このあたりだよ」

鐘楼の周りには幾つかの水茶屋が出ていて、その裏手におふみは立っていた。向こうはこんもりとした木立で、境内のどこからもあまり見通しがきかない。

「ええと、ここは……」

左馬次がきょろきょろと、あたりを見回した。

「おまえさんは、ここで仲間にいじめられている子供を助けたんだ。私のお父っつぁんが、その場を目にしていてね」

おふみがそう応じ、

「それが縁になって、お父っつぁんとおっ母さんは結ばれたのよ」

なずなが後を続けた。

「はあ、おれがそんなことを」

左馬次が記憶を手繰る顔つきになる。

なずなとおふみは息を詰めて見守った。

どこからか現れた寺僧が、鐘楼を上がっていく。

ほどなく、左馬次がゆるゆると首を振った。

なずなの口からため息が洩れ、おふみの肩がわずかに下がる。

鐘楼の鐘が鳴り始めた。厚い雲の下、陰鬱《いんうつ》な音が尾を引いている。

四

月が替わると、陽射しがきつくなった。

なずなの家では、晴天の続きそうな日を見計らって、甕に下漬けしておいた梅を天日に干した。

平笊に並べた梅を日向《ひなた》に置いておくと、だんだん表面の皮に皺が寄ってくる。夕方には笊を軒下へ取り込み、次の日になると、また天日に当てる。それを三日三晩かけて繰り返すのだ。

その日も、なずなが縁側の外で洗濯物を干していると、おふみが梅の笊を日向へ移し始めた。

縁側に背を向けて、梅をひとつずつひっくり返している。柔らかくなっている梅の皮を破かぬよう、指先に注意を集めて上下を返すのは、けっこうな骨折りであった。

「この梅、ひと月もしたら食べられるの？」

なずなが訊くと、

「そんなに早く漬かるもんですか。少なくとも三月は待たないと」

「へえ、思いのほか待つのね」

「ゆっくり、時をかけて味が馴染んでいくんだよ」

わずかにあきれたように、おふみが応える。

「それじゃ、おれは行ってきまさ」

家の中から、左馬次の顔がのぞいた。

「お父っつぁん、行ってらっしゃい」

腰をかがめていたなずなは、伸び上がって声を返す。

「おまえさん、気をつけて」

おふみも声を掛けるが、心なしか力がない。

表の腰高障子を開け閉《た》てする音が聞こえ、じきに家の中はしんとなった。

先月の末から、左馬次は大黒屋に通い始めている。当面は朝四ツから暮れ六ツまで、陸での荷揚げを手伝うことになったのだ。左馬次は少し早めに長屋を出て、まず浅草寺にお参りしてから四郎兵衛の家に寄り、四郎兵衛が操る川舟で大黒屋へ向かう。

おふみが立ち上がって、縁側に来た。腰を下ろし、ぽつりとつぶやく。

「いつになったら、昔みたいに暮らせるんだろう」

左馬次の記憶は、依然としてもどっていない。寛助がいったように、雑炊や魚の煮付けを味噌味にすると美味しそうに平らげて、おふみとなずなを喜ばせたのだが、四郎兵衛の舟に乗るのはおっかなびっくりで、舟が岸に着くまで船縁を手で摑んで離さないらしい。左馬次の後見を引き受けてからふたたびともえの客となった四郎兵衛は、「海ならまだしも、川舟に乗るのにあれほど腰が引けるとは」と、渋い顔をしていた。

「お父っつぁんだって、元の自分を取りもどそうとしてるのよ。毎朝、浅草寺にお参りするのだって、悩んでなければわざわざ遠回りなんかしないでしょう。川舟に乗るのも、おっかないのをぐっと辛抱しているのよ」

「なずな……」

「いちいち喜んだり落ち込んだりしていては身が持たないと、修山先生もおっしゃったじゃないの。おっ母さんとわたしは、おおらかに構えていることが肝要だって」

「それはそうだけど……」

おふみが手許に目を落とす。

母にいい返したものの、その気持ちは痛いほどわかった。なずなにしても、父が好みそうな献立や、頭の刺激になりそうなことをあれこれ思案して、よい反応があれば飛び上がるほど嬉しいし、そうでなければ何がいけなかったのかと気が塞《ふさ》ぐ。

だが、先の見えない不安を口にすると、かろうじて保たれている心のつり合いが崩れそうで恐いのだ。

「ときどき、思うんだよ。あのまま千代鶴で醬油をこしらえてたほうが、左馬次さんは仕合わせだったんじゃないかってね」

太いため息をつくおふみに、なずなは何もいい返せなかった。

その夜のともえは、貸し切りの商いとなった。梅川屋七兵衛の音頭取りで、印旛沼の掘割普請に向かう男衆の顔合わせが行われたのだ。

暮れ六ツに店を開けると、腹当てに股引《ももひ》き姿の男たちが次々に入ってきた。

「わあ、こんなに大勢……」

床几も小上がりも、じきにいっぱいになる。戸口の近くにいるなずなが目を瞠《みは》っていると、

「今日のところは三十人ほどだが、まだ序の口ですよ。口入屋では、この先も人を募り続けるつもりでしてね」

梅川屋はそういうと、店の奥へ声を張った。

「さあ、今宵《こよい》は景気づけに、うんと食べて呑んでください」

がやがやしていた男たちが笑顔になる。

「女将《おかみ》は見ての通りの美人だし、板前がこしらえる肴は天下一品です。酒は、ここのかんばん娘、なずなちゃんが燗をつけてくれますよ」

おおっと、歓声が上がった。

「なずなちゃん、肴をお出ししてくれ」

板場から寛助の声が飛ぶ。

壮健な男たちの集まりというので、仕込みの量もふだんの二割増しで臨んでいる。鮎の甘露煮や太刀魚の塩焼き、唐黍《とうきび》のかき揚げに夏大根の煮物、間八と皮剝《かわはぎ》のお造りなど、寛助が腕によりをかけてこしらえた皿の数々が男たちの前に並んだ。

「おい、この鮎の照りを見てみろ、つやつやしてる。口にすると、甘辛い身がほろっと崩れて、はらわたのほろ苦さとうまく溶け合って……」

「はあ、油で揚げた唐黍がこんなに甘いとは。さくっと割れて、ぷちっと弾《はじ》けて、じゅわっと味が広がるんだ」

男たちはまことに気持ちのよい食べっぷりで、みるみる皿がきれいになっていく。

「なずな、こちらのお客さんに熱燗で二合半。あちらには、ぬる燗だ」

床几の客に応対しているお蔦からも声が上がる。

なずなは板場と土間を行ったり来たりになった。

今宵、男たちに供する酒は佐原のものに限っている。梅川屋の計らいで、ともえに四斗樽《しとだる》が納められたのだ。

お蔦と寛助は、左馬次が現れた初めのうちこそ、毎日、なずなにどんな具合か訊ねてよこしたが、一進一退だと知ると、次第にその話には触れなくなった。父と母にはすまないが、放っておいてくれる心遣いが、なずなにはありがたかった。

ともえにいるときは家のことを忘れられる。

銅壺《どうこ》から引き上げたちろりをなずなが土間へ運んでいくと、床几にいる梅川屋といつもの連れの男たちが受け取って、男衆の猪口に注いでまわった。早野さまの姿が見えないので梅川屋に訊くと、武家が同席していては男衆も寛《くつろ》げぬだろうからと、遠慮なさったのだという。

酒と肴が行き渡って男たちの腹も落ち着いた頃、梅川屋が床几を下りて土間に立った。

「いずれも口入屋で聞いているだろうが、こたびの掘割普請は容易な仕事ではありません。いまから六十年ほど前にも同じような話が持ち上がり、普請に取り掛かったが、残念ながら途中で立ち行かなくなっています。しかしながら、印旛沼一帯は大雨が降るたびに水に浸《つ》かり、田に植えられた稲も駄目になってきた。米が採れないとなると、江戸に暮らす人たちの食膳にも響きます」

梅川屋が述べる口上に、男たちは耳を傾けている。

「平戸橋から検見川海まで、およそ四里十六町に及ぶ掘割が通じたあかつきには、周辺が水浸しになることもなくなり、田にできる土地も増え、舟運の便も良くなります。みなが安心してゆたかに暮らせるように、おまえさん方の力を貸してほしい」

男たちが、いっせいに手を叩いた。

日ごろは地固めをしたり、荷運びをしたりと別々に働く者たちが、ほどよく酒の酔いがまわって打ち解けている。

「嬶《かかあ》や子供と離れるのは寂しいが、手間賃を弾んでくれるってんで行くことにしたんだ」

「おいらは独り者だし、稼げるならどこでもいいや」

床几の空いた皿を下げようとしていたなずなは、聞き覚えのある声に顔を上げた。

「誰かと思えば、昇吉さんじゃありませんか」

「鳶《とび》の親方から、掘割普請の話を持ち掛けられてね」

あんこうの時季に身の回りがごたごたしたのち、ともえに姿を見せなくなっていたが、のんびりした口ぶりと顔つきは変わっておらず、なずなはわずかにほっとする。

宴もしまいにさしかかって、店に入ってきた男があった。

「すみません、遅くなりました」

「あら、祐次さん」

懐かしい顔が続いて、我知らず声が高くなる。

「掘割を掘り進める鍬《くわ》や鋤《すき》が壊れたとき、直すことのできる鍛冶《かじ》職人がいねえと困るだろ。ついては誰か若え者《わけえもん》を出してもらえねえかと、口入屋から鍛冶の親方に声が掛かってね。話を聞いて、おれが手を挙げたんだ」

手短に語った祐次が戸口を振り返り、外にいる人物を呼び入れる。

「うちの人がともえに行くというから、ついてきたの」

おずおずと、かえでが顔をのぞかせる。

「うちの人……。じゃあ、かえでさんと祐次さんは……」

「玄左衛門親方の四十九日をすませて、所帯を持ったんだ。いまの親方も、そうしたほうがいいといってくだすってね。いまは仕事場のある茅町《かやちょう》に、長屋を借りて住まっているんだ。来年には、子も生まれる」

慈しむような目をかえでに向けながら、祐次が応じた。

「かえでさん、そんなところに立ってないで、中へ入って坐ってちょうだい」

なずながうながすと、

「ここに坐るといいよ」

床几にいる昇吉があいだを詰めてくれる。

すみません、とかえでが頭を下げて腰掛けた。祐次は奥にいる梅川屋のところへ挨《あい》拶《さつ》にいっている。

「赤ちゃんが生まれるのは、来年のいつごろなの」

「はっきりしたことはもう少ししないとわからないんだけど、梅の花が咲くころには」

昇吉が気を悪くするのではないかと、なずなはさりげなく目をやるが、当人は穏やかな笑みを浮かべている。

「祐次さんと離れ離れでは、心細いでしょう。初めてのお産なのに」

「お産が近くなったら、いったん帰らせてもらえるって取り決めでね。ともかく、鍛冶の仕事で人の役に立ちたいというのが、うちの人の夢だったんですもの。心細いなんていってられないわ。それにね、親方のお内儀さんが引き合わせてくだすったお産婆さんが、お条さんっていう腕のいい人らしくて……」

「お条さんがついてるなら、案じることはねえ。安心して、丈夫な子を産みなせえ」

横から、昇吉が太鼓判を押した。

やがて、顔合わせの会はお開きとなり、男たちも帰っていった。

流しのかたわらに据えられた樽の水で皿や小鉢を洗いながら、なずなはふうっと息を吐く。

「なずなちゃん、ご苦労さん。疲れただろう」

庖丁を研いでいる寛助が声を掛けると、土間で箒《ほうき》を使っていたお蔦が手を止めた。

「これしきで疲れたなんていわせないよ。梅川屋さんも、序の口だといってなすっただろう」

なずなは洗った器を小桶《こおけ》に移すと、乾いた布巾を手に取った。

「お客さんに肴を運んだり、お酒の燗をつけたりするのは楽しくて、ちっとも疲れは感じません。それはそうなんですが……」

いったん言葉を区切って、先を続ける。

「さっきの顔合わせに集まったお客さんって、前を向いて進んでいく人たちなんですよね。昇吉さんも、祐次さんとかえでさんも、辛いことを乗り越えて、少しずつ前に進もうとしてる。それを見ていたら、なんていうか、わたしだけ置いていかれるような気がして」

「お父っつぁんのことで気掛かりがあるからかい」

寛助が案じ顔になった。

お蔦も気遣わしそうな目を向けている。

「一歩、前に進んだと思っても、次の日には一歩、後ろに下がってるんです。いつになっても、同じところで足踏みしているみたいで……」

なずながうつむくと、

「こればかりは、何ともなあ」

寛助は弱ったように首を振った。

五

「仕事に行ってきまさ」といって長屋を出た左馬次が、半刻もしないうちにもどってきたのは、それから二日後のことであった。

なずなとおふみは前日まで天日に干してあった梅を保存用の甕に詰めているところで、切迫した声とともに駆け込んできた左馬次を、ぎょっとして振り返った。

「お、おふみさんッ」

「おまえさん……、仕事に行ったんじゃなかったのかい」

縁側にいるおふみが、立ち上がって框《かまち》へ向かう。

ふだんとは違う様子に、なずなも母の後からついていく。

左馬次が手に持っているものを突き出した。ほおずきの鉢植えである。

「疳《かん》の虫には、ほおずきの実を水で丸飲みするのが効くといってただろう。買ってきてやったぞ」

「お父っつぁん、何をいってるの」

なずなは眉をひそめる。

「おまえさん、それをどこで」

おふみも怪訝《けげん》そうだ。

「浅草寺だ。お参りに行ったら、境内に植木屋が出ていて」

「今日は七月十日……。四万六千日《しまんろくせんにち》の功徳が、本当にあったのかもしれないよ」

なずなは母の顔を見た。

「どうしたの、おっ母さんまで」

「なずな、修山先生を呼んできておくれ。お父っつぁんが、何かを思い出したみたいだ」

わけがわからぬまま、なずなは家を飛び出した。

高井修山は、折よく天王町の家にいて、ただちに往診へ出向いてくれた。長屋に着くと、左馬次の脈や舌を診たのち、おふみからも話を聞く。

「なずなが赤ん坊だった時分、夜泣きがたいそうひどかったんです。親が床に入る頃になるとむずかり始めて、お乳を飲ませてもおむつを替えても、ちっとも泣き止まなくてね。船が出る前の晩などは、うちの人もちゃんと寝ないと次の日に障りますし、長屋の人たちにも気兼ねしてしまって……」

おふみの隣に坐っているなずなを、修山がちらりと見る。

むろん、なずなにはまるで身に覚えがない。

「ろくに寝ることができなくて、すっかり参っていたとき、赤ん坊の疳の虫にはほおずきがいいって、隣のお内儀さんがおしえてくれたんです。でも、あいにく時季が外れていて」

「境内でほおずきの明るい色を目にしたら、頭ん中がびりびりっと痺《しび》れたようになったんでさ。どういうわけだか知らねえが、買って帰って疳の虫を退治してやらねえとって心持ちになりましてね」

話しながら、左馬次がかたわらに置かれた鉢植えへ目を向ける。

「ふむ。脈は整っておるし、錯乱などではなさそうだ。赤ん坊の夜泣きは、周囲もだが、当の本人も疲れるものだ。左馬次さんはそんな我が子を不憫《ふびん》に思い、疳の虫を鎮めてやりたいと願ったのだろう。おそらく、そうした強い気持ちが心の深いところに刻まれていたのが、浅草寺でほおずきを見たのが引き金となって、すっと浮かび上がってきたのではないかな」

神妙な顔つきで、修山が診立てを述べた。

「そういうわけで、欠片《かけら》のひとつを思い出したんです。といっても、それだけのことですけど……」

昼すぎにともえに出たなずなは、袖《そで》に襷を掛けるのももどかしく、お蔦と寛助に経緯《いき》《さつ》を語った。

「なずなを思う親の情が、記憶を引き寄せたんだね。そうだろう、寛助さん」

「ああ。欠片ひとつでも、前に進んだってことだ」

「うまくいえないけど、これまでとは何か違う気がするんです。ほおずきを持って帰ってきたときも、目が生き生きしていたし」

なずなの言葉に、お蔦たちの表情も弛む。

「さ、仕込みを続けなきゃ。裏で枝豆を洗ってくるよ」

床几に腰掛けていたお蔦が立ち上がり、井戸端へ出ていった。

その後ろ姿が、なずなにはどことなく寂しそうに見えた。考えてみれば、龍平の行方は未《いま》だ摑めぬままなのである。住吉丸が遭難した折の様子を誰よりも知りたいのはお蔦だろうに、左馬次に不快な思いをさせぬよう、むやみに訊ねたりはしない。

勝手口を見つめていると、

「何も案じることはねえよ。なずなちゃんは、ふだん通りにしてればいいんだ」

なずなの気持ちを察したのか、寛助が穏やかな声を掛けてきた。

その日を境に、左馬次の記憶の欠片が、ひとつ、ふたつと増えるようになった。あるときは、大黒屋の水主仲間と通っていた一膳《いちぜん》飯屋を思い出したからと、なずなとおふみを連れて行って菜飯と田楽を食べさせたり、またあるときは、なずなは稲荷鮨《いなりずし》が好きだっただろうと、仕事帰りに買ってきてくれたりした。

ひとつひとつの欠片はばらばらに散らばっていて、まとまった記憶を形づくるには至らないが、なずなは自分や母の働きかけが少しずつ実を結んでいるようで、大きな手応えを感じた。

大黒屋での仕事も、順調にいっているふうだった。

「てきぱきと立ち働く姿は、廻船に乗ってたときと同じだ。重い荷にも嫌な顔を見せねえし、素麺《そうめん》や蠟燭《ろうそく》みてえに壊れやすい荷は丁寧に扱ってる。陸で荷揚げをするぶんには、差し障りはねえよ」

仕事帰りに左馬次を長屋まで送り届けた四郎兵衛が、その足でともえに立ち寄り、なずなに話してくれるのだ。

「四郎兵衛さん、どうせなら左馬次さんも連れてくればいいのに」

お蔦がそういうと、

「左馬次は二年も女房と離れ離れになってたんだ。おれの酒に付き合わせたんじゃ、おふみさんが気の毒じゃねえか」

冗談ともつかぬことを返して、床几に腰を下ろす。とはいえ、四郎兵衛が頼むのは一合の酒と簡単な肴くらいで、なずなを相手に左馬次の様子や幾つか他愛のない話をすると、さっと帰っていく。

月の半ばをすぎると、日中の陽射しもいくらか和らぎ、朝晩は涼しさを覚えるようになった。


「それじゃ、仕事に行ってくら」

身支度をととのえた左馬次が土間に下りると、

「はいよ、行ってらっしゃい」

皿小鉢を流しに下げていたおふみが、手を止めて応じた。

「お父っつぁん、気をつけてね」

以前の暮らしがすぐそこまで近づいているのを実感しながら、なずなは声を掛ける。

腰高障子を引いて外へ出ようとした左馬次が、ふいに振り返る。

「今日は二十六夜《にじゅうろくや》だな。湯島《ゆしま》天神にお参りしようか」

「わあ、いいわね」

なずなは思わず声を上げた。

八月十五日の十五夜、九月十三日の十三夜とともに、江戸では七月二十六日に月見をする風習がある。二十六夜待ちと呼ばれ、かつては一月にも行われていたが、なにぶん寒い時季のことゆえ廃れたらしい。七月のほうはいまも盛んで、芝高輪《たかなわ》や品川《しながわ》、日暮里《にっぽり》、湯島天神の境内などに、人々が群れになって押しかける。

「月の出は夜中だから、ともえが店を仕舞う頃になずなを迎えに行って、そのまま湯島へ向かってはどうだろう」

「それは構わないけど……。おまえさん、だしぬけにどうしたんだい」

いぶかしそうなおふみに、

「ほんのちらっとだが、また思い出したんだ。前に幾度か、三人で二十六夜待ちをしたことがあったよな」

人差し指の先で、左馬次が鼻の頭をこすった。

「お父っつぁん、本当に……？」

「ああ。おれが廻船で江戸を離れているときは無理だから、毎年ってわけじゃねえけど」

なずなは目をまたたいた。

「わたし、二十六夜待ちなんていっぺんもしたことないのに」

「へ」

「夜は暗いし、人でごった返すところに子供がいるのは剣呑《けんのん》だからって、お父っつぁんが連れて行ってくれなかったじゃないの」

「そ、そうかい、じゃありませんよ。よその子はみんな二十六夜待ちをしているのに、どうしてうちだけ連れて行ってくれないのかって、さんざんなずなを泣かせておいて」

おふみも顔をしかめている。

「お、おかしいな。そんなはずはねえんだが……」

うろたえたようにいって、左馬次がなずなたちに背を向けた。しきりに首をひねっている。その手に、小さな紙切れがあるようだ。

「おまえさん、それは何だい」

おふみが框を下り、左馬次の脇から腕をまわしてひょいと紙切れを取り上げる。

「あ、わわ……」

左馬次が慌てて取り返そうとするが、

「なずな、これを」

紙切れはおふみから部屋にいるなずなへ手渡された。すかさず、なずなが書かれている文字を読み上げる。

「にじゅうろくやまち、ゆしまてんじん。なずな、いなりずし。かまたや、なめしとでんがく……。何なの、これ」

なずなは顔を上げて左馬次を見た。

どこの家でも朝の支度をしている時分で、長屋には物音が響いている。

左馬次は目を宙へ泳がせていたが、やがて観念したように口を開いた。

「大黒屋で、四郎兵衛さんやほかの連中に訊ねてまわったんだ。おれが昔、どんなふうだったかや、家族のことなんかを喋っていたら、おしえてくれと……」

なずなは、ともえで四郎兵衛に稲荷鮨が好きだと話したことを思い出した。顔から血の気が引くのが、自分でもわかる。

おふみが肩を上下させ、腹立たしそうにいう。

「いったい何ゆえ……。こんなことして、私やなずなが喜ぶとでも思ったのかい」

「待ってくれ。お、おれは……」

「お父っつぁんに騙《だま》されてるとは、思ってもみなかった」

声がかすれた。

「ち、違うんだ。ふたりを騙すつもりはこれっぽっちも……」

「いい訳なんて聞きたくない」

なずなは土間に飛び下りると、ぴしゃりと腰高障子を閉めた。

# 六

あっという間に平らげた鰯の味噌煮。ここのは美味《うま》いんだと勧めてくれた菜飯と田楽。疳の虫に効くと差し出されたほおずきの鉢植え。嚙《か》むと甘辛い汁がじゅわっと口に広がる稲荷鮨。

どれが真実《まこと》で、どれが偽りなのか、なずなには見当がつかなかった。あるいは真実などひとつもなく、ことごとく偽りだったのか。

いずれにしても、心を占めているのは怒りというより悲しさだった。左馬次の様子におふみと一喜一憂したのが、虚《むな》しくもある。

「なずな、なずな」

気がつくと、目の前にお蔦の顔があった。ともえを開ける前に、なずなは通りを箒で掃いていたのだった。

「どうしたんだい。店にもどってこないから表を覗《のぞ》いてみれば、ぼうっと突っ立って」

「す、すみません。考え事をしていて……」

「考え事って、何を」

頭の中がごちゃごちゃで、うまく応えられそうにない。

黙っていると、なずなの表情を窺《うかが》うように目を走らせたお蔦が肩をすくめた。

「掃除はいいから、中へお入り。それと、今日は酒と肴を運ぶだけで構わないよ。そんな調子じゃ、お燗をしくじりそうだもの」

だが、その日は燗をしくじりようもないほど、客が少なかった。暮れ六ツすぎに常連客が二組ばかり暖簾をくぐったものの、どちらも半刻もすると勘定をすませた。その後、ぱたりと客足が途絶えたのだ。

「仕方がねえや。二十六夜待ちだもの」

寛助が、がらんとした店を見回した。

「二十六夜待ちって、お客さんが来ないんですか」

床几の器を下げながら、なずなが訊く。

「そうか、なずなちゃんは知らねえのか。去年は雨だったもんな」

「月が出るのは夜半すぎだけど、二十六夜待ちをする人たちは宵の口から場所を取りに行くんだよ。蕎麦《そば》や天ぷらの屋台も出るし、腹ごしらえもできるって寸法さ」

土間にいるお蔦がそういって、戸口へ向かう。外へ首を突き出すと、

「空には雲ひとつない。今夜は早仕舞いして……、あら」

お蔦が首を引っ込めると、戸口におふみの顔がのぞいた。

「おっ母さん……。お父っつぁんと、四郎兵衛さんも」

「よう、なずなちゃん。左馬次から経緯を聞いて、あっしもすまねえことをしたと思ってな。左馬次とふたりで頭を下げようと福井町へ行ったら、なずなちゃんと一緒に話を聞きたいと、おふみさんにいわれたもんだから」

土間に入ってきた四郎兵衛が、ぼんのくぼへ手を持っていく。

「奥へどうぞ。ほかにお客はいませんし」

お蔦が手振りで小上がりを示し、さりげなく暖簾を取り込んだ。

左馬次と四郎兵衛が並んで坐り、卓を挟んだ向かいに、おふみとなずなが膝を折った。

「おふたりにも、いてもらえますか」

おふみが頼んで、お蔦と寛助は板場に入っている。

四郎兵衛が小さく咳払《せきばら》いをして切り出した。

「二十六夜待ちの話は、あっしの思い違いなんだ。大黒屋の若い衆から聞いたのを、すっかり左馬次と取り違えていて……。悪かったな」

頭を低くした四郎兵衛に、おふみが手を振った。

「四郎兵衛さんが詫《わ》びることはありません。左馬次さんが昔の話を訊ねたりしなければ、こんなことにはならなかったんだし」

なずなも横から言葉を添える。

「何よりやるせないのは、父にさも思い出したようなふりをされたことなんです。わたしたち、家族なのにそこまでして嘘をつくなんて」

「私は、なんだか情けなくて……」

「おっ母さんとあんなに知恵を絞ったのが、ばかみたい。これまで積み上げてきたものが、台無しになっちまった」

「うまくいえないけど、寂しいような気もしてね」

おふみが手許に目を落とす。

お蔦と寛助は、黙ってなずなたちを見守っている。

「がっかりさせたくなかったんだ」

振り絞るような声で、左馬次がいった。

「ふたりとも、おれのために親身になってくれる。なのに、おれときたら頭に霞《かすみ》が掛かったまんまで……。だが、ほおずきを目にしたときは、本当にひらめくものがあったんだ。ふたりが喜ぶのを見て、何が何でもこの笑顔を壊しちゃいけねえと……」

言葉が切れ、左馬次がうつむく。

なずなは膝の上で拳《こぶし》を握った。

「だからって、お父っつぁんに芝居を打たれたのでは、わたしたちの立場がないじゃないの」

「私も、もう、何を信じていいのか……」

おふみがゆるゆると首を振った。

「そ、そんな。でも、おれは元にもどれるかわからねえし……」

それきり、三人からはため息しか出てこない。

四郎兵衛も、いたたまれなそうな顔をしている。

小上がりが、重苦しい沈黙に包まれた。

そのとき、板場から盆を抱えたお蔦が出てきた。茶の入った湯呑みを卓に置く。

「あたしなんかがこんなことを口にするのもおこがましいけど、ひとつ屋根の下に家族が揃ってるってだけで、じゅうぶんな気がするけどねえ」

いつになく、しみじみとした口ぶりだった。

板場へもどっていく背中に、なずなとおふみはじっと目を向ける。

五ツを告げる鐘が響いていた。

「腹が空《す》かねえですかい。酒の肴もあるが、食べたいものがあればこしらえますよ」

寛助が控えめに声をよこす。

「なずなちゃんは、ふだん夕餉をここですませるんだろう。どんなものを食べてるのかい」

四郎兵衛に訊かれて、

「たいていは、お茶漬けです。仕込みで肴の味見をさせてもらうし、お腹いっぱいになると動けなくなるから」

「じゃあ、おれもお茶漬けをください」

「あの、私も」

左馬次とおふみの声が重なった。むろん、なずなと四郎兵衛に否やはない。

「具は何にいたしましょう。梅干し、浅蜊の佃煮……。小柱のかき揚げもありますが」

「そうね、梅干しを」

おふみのひと言で、四人の前に梅干しのお茶漬けが運ばれてきた。

卓に置かれた茶碗《ちゃわん》から、ほわっと湯気が上がっている。

「いただきます」

胸の前で手を合わせ、なずなは箸《はし》を取った。

白いご飯の上に、朝焼けの空を丸く切り取ったような梅干しが配され、細く刻んだ青じそが散らしてある。澄んだ薄緑色の茶が、ご飯がひたひたになるように注がれていた。

ふっくらした梅を少しばかり箸で崩し、とろりとした果肉とご飯をすくって口に入れる。引き締まった酸味が舌に広がり、青じその爽《さわ》やかな香りが鼻へ抜けていく。すっきりとした茶の渋みで、ご飯のほのかな甘みが引き立つ。

左馬次が、わずかに首をかしげた。

「あんまり酸っぱくねえな。梅干しってのは、もっと塩辛くて酸っぱい気がしたんだが……」

「そうかい？　ちょうどいい塩梅だと思うがな」

左馬次と四郎兵衛のやりとりを聞いて、なずなはおふみと目を見交わす。

「お父っつぁん、うちの梅干しは、もっと塩辛くて酸っぱいのよ。船乗りは汗で身体から塩が抜けるからって、おっ母さんが塩加減をきつくしてるの。まさか、梅干しのことまで外で話してはいないだろうけど……」

「おまえさんとこの梅干しの塩加減なんざ、あっしは聞いちゃいねえよ」

四郎兵衛が慌てたように首を振る。

おふみが食べかけのお茶漬けを見つめた。

「お蔦さんがいうことも、もっともだ。目の前に左馬次さんとなずながいて、お茶漬けを食べてる。こんなに、ありがたいことはない」

なずなもうなずき返して、

「昔のお父っつぁんにもどってほしくて躍起になっていたけど、大事なのは、いまと

「これからだものね」

「左馬次さんが帰ってきてふた月にもならないのに、ちょいと急ぎすぎちまった。時をかけてゆっくりと、三人でいる味わいを深めていけばいいんだ」

母の言葉に、家族って梅干しみたい、となずなは思う。

左馬次がわずかに鼻を鳴らした。

お茶漬けを食べ終わると、なずなたちと四郎兵衛は礼をいって腰を上げた。

見送りに出てきたお蔦と寛助に、

「あっしは、これで。湯島天神で、嬶と倅《せがれ》たちが待ってるんで」

そういって、四郎兵衛が去っていく。

後ろ姿が角を折れるのを見届けて、お蔦が振り返る。

「左馬次さんたちは、どうするんだい。月の出までは、いましばらくあるけど」

「長屋に帰ります。うちの近くでもお月さまは拝めると、さっき三人で話し合いましてね」

おふみとなずなに目を向けながら、左馬次が応えた。

お蔦が小さく息をついて、

「さて、ともえは明日からまた忙しくなるよ」

「かんばん娘にも、張り切ってもらわねえとな」

寛助がまぜ返すようにいい、

「わたし、お客さんに喜んでもらえるように、もっとお燗の腕を磨きます」

なずなが力強く応じると、左馬次とおふみから笑い声が上がった。

二十六夜の月は、光の中に阿弥陀《あみだ》三尊が見えるといい伝えられ、拝んだ者は福を授かるという。

お月さまに、どんな願い事をしようかしら。

なずなは夜空を振り仰いだ。

本書は、二〇二〇年一月に小社より刊行された
単行本を文庫化したものです。

# かんばん娘《むすめ》

## 居酒屋《いざかや》ともえ繁盛記《はんじょうき》

志川節子《しがわせつこ》

令和4年 12月25日　初版発行

発行者●山下直久

発行●株式会社KADOKAWA
〒102-8177　東京都千代田区富士見2-13-3
電話　0570-002-301（ナビダイヤル）

角川文庫 23472

印刷所●株式会社暁印刷
製本所●本間製本株式会社

表紙画●和田三造


ISBN 978-4-04-113110-7　C0193

◇◇◇

# 角川文庫発刊に際して

角　川　源　義

第二次世界大戦の敗北は、軍事力の敗北であった以上に、私たちの若い文化力の敗退であった。私たちの文化が戦争に対して如何に無力であり、単なるあだ花に過ぎなかったかを、私たちは身を以て体験し痛感した。西洋近代文化の摂取にとって、明治以後八十年の歳月は決して短かすぎたとは言えない。にもかかわらず、近代文化の伝統を確立し、自由な批判と柔軟な良識に富む文化層として自らを形成することに私たちは失敗して来た。そしてこれは、各層への文化の普及滲透を任務とする出版人の責任でもあった。

一九四五年以来、私たちは再び振出しに戻り、第一歩から踏み出すことを余儀なくされた。これは大きな不幸ではあるが、反面、これまでの混沌・未熟・歪曲の中にあった我が国の文化に秩序と確たる基礎を齎らすためには絶好の機会でもある。角川書店は、このような祖国の文化的危機にあたり、微力をも顧みず再建の礎石たるべき抱負と決意とをもって出発したが、ここに創立以来の念願を果すべく角川文庫を発刊する。これまで刊行されたあらゆる全集叢書文庫類の長所と短所とを検討し、古今東西の不朽の典籍を、良心的編集のもとに、廉価に、そして書架にふさわしい美本として、多くのひとびとに提供しようとする。しかし私たちは徒らに百科全書的な知識のジレッタントを作ることを目的とせず、あくまで祖国の文化に秩序と再建への道を示し、この文庫を角川書店の栄ある事業として、今後永久に継続発展せしめ、学芸と教養との殿堂として大成せんことを期したい。多くの読書子の愛情ある忠言と支持とによって、この希望と抱負とを完遂せしめられんことを願う。

一九四九年五月三日

# 角川文庫ベストセラー

**薫風ただなか**　あさのあつこ

江戸時代後期、十五万石を超える富裕な石久藩。鳥羽新吾は上士の息子でありながら、藩学から庶民も通う郷校「薫風館」に転学し、仲間たちと切磋琢磨しつつ勉学に励んでいた。そこに、藩主暗殺が絡んだ陰謀が。

**おそろし**
**三島屋変調百物語事始**　宮部みゆき

17歳のおちかは、実家で起きたある事件をきっかけに心を閉ざした。今は江戸で袋物屋・三島屋を営む叔父夫婦の元で暮らしている。三島屋を訪れる人々の不思議話が、おちかの心を溶かし始める。百物語、開幕！

**悪玉伝**　朝井まかて

大坂商人の吉兵衛は、風雅を愛する伊達男。兄の死により、将軍・吉宗をも動かす相続争いに巻き込まれてしまう。吉兵衛は大坂商人の意地にかけ、江戸を相手の大勝負に挑む。第22回司馬遼太郎賞受賞の歴史長編。

**口入れ屋おふく**
**昨日みた夢**　宇江佐真理

逐電した夫への未練を断ち切れず、実家の口入れ屋「きまり屋」に出戻ったおふく。働き者で気立てのよいおふくは、駆り出される奉公先で目にする人生模様から、一筋縄ではいかない人の世を学んでいく——。

**葵の月**　梶よう子

徳川家治の嗣子である家基が、鷹狩りの途中、突如体調を崩して亡くなった。暗殺が囁かれるなか、側近の書院番士が失踪した。その許嫁、そして剣友だった男は、それぞれの思惑を秘め、書院番士を捜しはじめる——。

# 角川文庫ベストセラー

## はなの味ごよみ　高田在子

鎌倉で畑の手伝いをして暮らす「はな」。器量よしで働きものの彼女の元に、良太と名乗る男が転がり込んできた。なんでも旅で追い剝ぎにあったらしい。だが良太はある日、忽然と姿を消してしまう——。

## お江戸やすらぎ飯　鷹井伶

幼き頃に江戸の大火で両親とはぐれ、吉原で育てられた佐保には特殊な力があった。体の不調を当て、症状に効く食材を見出すのだ。やがて佐保は病人を救う料理人を目指す。美味しくて体にいいグルメ時代小説！

## 散り椿　葉室麟

かつて一刀流道場四天王の一人と謳われた瓜生新兵衛が帰藩。おりしも扇野藩では藩主代替りを巡り側用人と家老の対立が先鋭化。新兵衛の帰郷は藩内の秘密を白日のもとに曝そうとしていた。感涙長編時代小説！

## 江戸の娘　新装版　平岩弓枝

花の季節、花見客を乗せた乗合船で、料亭の蔵前小町と旗本の次男坊は出会った。幕末、時代の荒波が、恋に落ちた二人をのみ込んでいく……「御宿かわせみ」の原点ともいうべき表題作をはじめ、計7編を収録。

## めおと　諸田玲子

小藩の江戸詰め藩士、倉田家に突然現れた女。若き当主・勇之助の腹違いの妹だというが、妻の幸江は疑念を抱く。「江戸棲の女」他、男女・夫婦のかたちを描く全6編。人気作家の原点、オリジナル時代短編集。